**PREMIÈRE IMPRESSION**

Dédiée à la relève littéraire, la collection « Première Impression » offre aux auteurs émergents un espace de création unique pour faire leur entrée dans le monde des lettres québécoises.

Une collection dirigée par
Isabelle Longpré

À Elisabeth,

Au plaisir de partager de mon heures aventures créatives,

Bonne lecture,

[signature]

Benoît Quessy

À JUILLET, TOUJOURS NUE DANS MES PENSÉES

Benoît Quessy

À JUILLET, TOUJOURS NUE
DANS MES PENSÉES

QUÉBEC AMÉRIQUE

Catalogage avant publication de Bibliothèque et Archives nationales du Québec et Bibliothèque et Archives Canada

Quessy, Benoît
À Juillet, toujours nue dans mes pensées
(Première impression)
ISBN 978-2-7644-0659-5
I. Titre. II. Collection.
PS8633.U49A62 2009   C843'.6   C2008-942223-6
PS9633.U49A62 2009

 Conseil des Arts du Canada   Canada Council for the Arts

Nous reconnaissons l'aide financière du gouvernement du Canada par l'entremise du Programme d'aide au développement de l'industrie de l'édition (PADIÉ) pour nos activités d'édition.

Gouvernement du Québec – Programme de crédit d'impôt pour l'édition de livres – Gestion SODEC.

Les Éditions Québec Amérique bénéficient du programme de subvention globale du Conseil des Arts du Canada. Elles tiennent également à remercier la SODEC pour son appui financier.

Québec Amérique
329, rue de la Commune Ouest, 3e étage
Montréal (Québec) Canada H2Y 2E1
Téléphone : 514 499-3000, télécopieur : 514 499-3010

Dépôt légal : 1er trimestre 2009
Bibliothèque nationale du Québec
Bibliothèque nationale du Canada

Mise en pages : Karine Raymond
Révision linguistique : Stéphane Batigne et Diane-Monique Daviau
Direction artistique : Louis Beaudoin
Adaptation de la grille graphique : Célia Provencher-Galarneau

Imprimé au Canada

À Jean Lavallée, à l'amitié.

PROLOGUE

Cette nuit douce me berce. J'ai toujours aimé les trains ; leur souffle dans la nuit me rassure. Cette solitude qui vous enlace et rend l'absence supportable, presque confortable. Le studio me manque. Mon nid douillet, la maison des fantasmes, des sens avides et de mon corps abandonné. Il me faut chasser ces images tendres et cochonnes. Le flottement du train au-dessus des rails masse mes fesses et mes reins, donnant à ces images mêlées, à cette rêverie érotique, une pulsion nouvelle dont mon corps de coquine à la dérive se délecte par de douces caresses. Au loin défilent de petites lumières, de petites vies, de petits rêves et sans doute de grands espoirs. Que cela est bien. Survoler la terre et le ciel à la rencontre de mon destin afin de soulager la planète. Laisser la voie à des mains, des lèvres, des langues imaginaires qui s'emparent de moi. C'est bon, c'est salé.

CHAPITRE 1
FRANK S'ABANDONNE

Frank sursauta au son de l'explosion.

— Ces jeunes malades vont finir par faire sauter ce qui reste de la ville.

Son attention revint à son vieil écran 3D où la nouvelle Miss Météo s'évertuait à exciter les téléspectateurs en exhibant un joli string vert olive, contrepoint subtil à sa chevelure rousse. Olive fourrée aux anchois. Appel à Lou.

— Lou, réveille-toi. T'as vu la nouvelle Miss Météo?

— Sur quel site? Ton poste de musique débile?

— Non, non, à ton poste trash. On vit une époque formidable. Même les Asiatiques ont des gros seins.

— Pourquoi, Frank, c'est interdit?

— Il semble qu'à une certaine époque, oui. C'est un slogan que mon vieux père aimait bien répéter.

— Et toi, c'est une vocation tardive?

— Pas particulièrement, Lou, mais celle-là, elle va me rendre fou. Je crois que je vais lui envoyer un poème célébrant nos ébats.

— Pauvre débile. Si tu penses qu'elle lit toutes les folies que les dérangés de ton espèce lui envoient. Tu perds ton temps. À ta place, j'en ferais une chanson. Miss Météo, je suis toto de toi…

— T'as probablement raison, Lou, mais qui voudrait empêcher un cœur d'aimer?

— Alors, ces spectacles, c'était la fin hier, non?

— Oui. C'était pas mal. Plutôt tranquille, mais bonne atmosphère. Le propriétaire de la place était content, c'est ce qui compte. Il nous reprend pour le mois prochain.

— Cool!

— Hé Lou, on prend l'apéro?

— Bonne idée. On se rejoint au Red Kat vers quatre heures? C'est bon?

— Très bon… Fais attention en t'en venant. Ces jeunes cons ont encore fait sauter une voiture, il y a deux minutes.

— T'inquiète, c'est pas après moi qu'ils en ont. Un peintre fauché, ça n'intéresse personne.

— Je sais, idiot, mais fais tout de même attention.

— Dis donc, Frank, ta Miss Météo bandante, elle dit quoi pour aujourd'hui?

— J'ai pas remarqué. Faut dire qu'avec un cul semblable, elle aurait pu annoncer la fin du monde que ça m'aurait passé par-dessus la tête.

— Bah, probablement des vents violents vers 11 heures, des orages électriques à midi et une période d'ensoleillement par la suite… ou l'inverse. Veux-tu bien me dire comment ils peuvent affirmer avec autant d'assurance le temps qu'il va faire dans trois heures quand, dans 80 % des cas, ils sont totalement dans les vapes ? Ça me rend fou !

— Calme-toi, tu sais que c'est pas bon pour tes nerfs fragiles. Et ce virus, comment ça va ?

— Ça va, ça mouche, ça crache, la routine quoi !

— Y a rien de tel qu'une bière au Red Kat pour combattre toutes ces cochonneries.

— Là tu parles. À plus !

Frank retourna à son écran observer celle qui se faisait surnommer Kami. La jeune femme rousse affichait un sourire charmant et un regard allumé. Elle ne ressemblait en rien aux nunuches habituelles de Mouil TV et il s'étonna de la voir trémousser son petit cul sur cette chaîne où l'ensemble de la programmation était consacré à la *soft porn*. Sports *soft porn*, spectacles *soft porn*, films *soft porn*, météo *soft porn*, cuisine *soft porn*. Lou était fou de ce canal et l'idée n'était pas mauvaise : garder un auditoire captif en banalisant le cul, en en saupoudrant dans toutes les émissions. Tous les soirs, les mamelons de la speakerine du journal télévisé sortant de son soutien-gorge balconnet, ça adoucit la nouvelle dans ce monde où rien ne s'arrange. Madame et monsieur commentent la forme du sein, admirent la lingerie et surtout, se rincent l'œil à souhait. Peut-être Kami voulait-elle se faire remarquer et catapulter sa carrière? En tout cas, ce n'était pas bien méchant et ça fonctionnait. Frank se demanda si on avait déjà installé son empreinte morphologique sur le site de l'émission. Il pourrait la télécharger et se payer le luxe de sentir cette petite bouche sur son sexe. Mouil TV avait été la première à instaurer cette pratique qui permet de baiser avec une vedette de cinéma ou de la télé, ou encore avec une ou plusieurs collègues de travail. Il s'agissait de prendre l'image du fantasme désiré et d'y accoler un corps plus ou moins semblable, d'installer l'appareillage au sexe, de mettre les gants, les lunettes et de choisir un des scénarios préétablis. Frank avait ainsi baisé maintes fois Saskia, la copine de son ami JF et chanteuse de leur *band*, sans créer le moindre remous dans le groupe. Saskia à quatre pattes, avec un collier, lui suçant les orteils pendant qu'elle se caresse. Saskia s'offrant, les poignets retenus au montant du lit, Saskia le masturbant dans les toilettes d'un bar. Il aimait bien baiser Saskia. C'était une allumeuse de première. Souvent à moitié nue, tout à fait par hasard, dans les loges de fortune où le *band* se préparait. Longues jambes et petit cul, ce à quoi toutes les filles voulaient ressembler. De Saskia n'émanait pas le sexe; elle était le sexe et rares étaient les hommes, et les femmes, qui lui résistaient. Elle adorait d'ailleurs choisir une jeune femme dans le bar ou la salle de spectacle pour partager la fin de soirée avec elle et son copain. « Une preuve d'amour tangible », voilà comment Saskia nommait ça. « Le bonheur », selon la version de Lou. Mais Frank n'avait jamais tenté quoi que ce soit, le prix à payer aurait été trop lourd. En fait, le mieux aurait été de s'organiser pour la baiser avec JF, mais à court terme, ce genre d'expérience finit toujours par foutre le bordel, même avec les personnes les plus cool, même avec les meilleurs amis, surtout avec les meilleurs amis.

Eh oui, l'empreinte de Kami était déjà en place. Frank agrippa son attirail de cybersexe, qui n'était jamais trop loin. Il aimerait bien se payer le modèle de luxe, celui composé de deux combinaisons, d'une cagoule descendant jusqu'aux mamelons et du slip avec membrane stimulante muni de senseurs pour les fesses, le nec plus ultra. Chaussons, un plus pour les féti-chistes. Il y avait aussi la combinaison complète, le pied semblait-il, que les filles préfèrent pour l'expérience globale. Cette membrane, remplie d'une mince couche de gel réagissant aux stimulus électriques du système nerveux, était apparue autour de 2020 et avait complè-tement modifié les pratiques sexuelles, à des années-lumière de la pilule contraceptive du siècle dernier. Toute une énergie sexuelle libérée, des gens heureux et fatigués, des vieillards verts mourant dans les bras de jeunes corps virtuels. Frank se débarrassa d'un coup de hanche de son pantalon de pyjama, qui glissa au sol et le laissa nu, avec un beau début d'érection, au milieu du salon. Son corps valait le détour et les filles appréciaient bien les petites fossettes de ses fesses, le long V naturel de son torse et ses cuisses puissantes.

Frank installa le boomerang entre ses jambes et attacha les courroies à ses hanches. Les deux ventouses installées aux mamelons, il mit le casque et les gants, ce qui lui donna l'air d'un voyageur se préparant à traverser le temps. Installé dans son divan, il sélectionna du regard l'empreinte de Kami. De la voir nue lui procura immédiatement une érection digne de ce nom. Frank sélectionna d'abord l'habillement : kilt, bas aux genoux, chemise blanche transparente et soutif vert. Deux lulus retenaient ses longs cheveux roux bouclés. Fantasme vieillot de collégienne ingénue, naïf et tout simplement superbe. Frank bandait dur, le gland se découpant dans son enveloppe de latex. Scénario : visite au parc. Non, la tenue ne convenait pas à ce qu'il espérait. Il voulait la voir se caresser devant lui, robe légère ouverte ou relevée, se donnant du plaisir. Frank fit effectuer à Kami un strip-tease rapide, lui enlevant kilt et chemise, se retenant de ne pas la baiser telle quelle sur fond noir, et la rhabilla d'une robe légère bien décolletée, boutonnée par-devant.

●●●

Il la vit apparaître dans l'allée. La journée était chaude et humide, les nuages s'accumulaient à l'horizon. Cheveux tombants sur ses épaules, Kami marchait lentement, le mouvement de ses seins marquant la cadence à chaque pas. Cette robe avait plus de boutons libres qu'attachés et la poitrine de Kami semblait prête à bondir hors de son pigeonnier vert. Quelques boutons plus bas, sa culotte transparente prenait un peu d'air frais, fascinant les petits brins d'herbe du parc qui se tassaient les uns contre les autres à son passage afin de ne rien manquer du spectacle. Quand leurs regards se croisèrent, Kami sut qu'elle avait trouvé un homme muni d'une charge sexuelle unique. Elle, pourtant si pudique – c'est elle qui le disait à ses copines – se trouva prête à ce moment-là à tous les plaisirs.

— Salut, Frank.

— Salut, Kami. T'es superbe dans cette robe.

— Merci. Toi, tu sais que tu as une bouche à faire damner la plus sage des nonnes?

— Avec toi comme nonne, Kami, on ferait la queue au couvent.

— Y a pas de danger, j'aime mieux ta compagnie.

— Pour ma bouche, vaudrait mieux vérifier, tu ne crois pas?

Ces introductions préprogrammées arrivaient encore à amuser Frank. Il fit doucement glisser ses doigts sur le rebord du pigeonnier, dégageant les mamelons qui se durcirent sous la caresse. Effleurant le sein du revers de la main, il prit entre ses lèvres le petit bout de chair. Une onde de choc se répercuta jusqu'à son sexe. Rien de dévastateur, un spasme sec et léger qui ressemble à la vie. Frank ne put s'empêcher de penser à cette autre source de plaisir bien lové au creux des cuisses de Kami. De ses deux mains, il soulevait déjà ces seins superbes.

— Attends un peu, Frank. Regarde.

Kami recula, dos contre l'arbre. Elle était ravissante, belle dans cette robe à fleurs immenses. Il ne faut pas beaucoup d'imagination pour considérer la chose avec envie: ce visage d'ange venu d'Asie, un corps laiteux, des jambes musclées par des heures de gym et de studio, des bas tombant aux genoux, des dessous vert émeraude soulignant davantage qu'ils ne retenaient quoi que ce soit, des mamelons avides de caresses. Profitant d'une éclaircie, le soleil lécha longuement ce corps magnifique et illumina la chevelure de Kami. Frank crut que le soleil bandait, tellement ses rayons étaient doux et tendres. Souriante, Kami caressait son corps, anticipant déjà le plaisir à venir.

Elle écarta son slip pour toute invitation. Les pétales de son sexe formaient une petite bouche et il les imagina ondulantes, appelant son nom: «Frank, Frank, Frank…» Kami commençait à succomber à ses caresses, savourant du regard le membre que Frank avait dégagé de sa combinaison. Le parc était animé, mais dans ce scénario, seules les femmes s'attardaient au spectacle de Frank et de Kami. Une jeune mère poussant son landau semblait particulièrement sensible à la vue du sexe de Frank. Elle approcha lentement d'eux, son regard ne pouvant se détourner de l'entrejambe de Frank qui saisissait déjà à pleine main son sexe dur. Les seins de Kami, libérés de leur ficelle verte, laissaient voir leurs mamelons dressés aux aréoles troublées.

Kami présentait à Frank, au parc et au monde tout entier, son corps presque nu, ses cheveux ondulant au rythme de ses caresses. Cela excita Frank, qui adorait voir une femme se donner du plaisir. Sa queue, si grosse maintenant qu'elle craignait l'orage imminent et la foudre, avait entraîné ses testicules à l'air libre. Il se branlait avec plaisir sous le regard curieux des passantes. Seule la jeune mère s'était complètement arrêtée pour assister au spectacle. Fascinée, elle était hypnotisée par le plaisir que se donnait Frank.

— Je peux? demanda-t-elle timidement.

La jeune femme avait des yeux doux, des lèvres minces, les cheveux courts et un visage étonnamment sensuel. Un brin de perversité lui traversa l'œil quand elle lui posa la question, ce type de regard qu'ont les filles quand on les fait jouir après un long cunnilingus et qu'elles se décident à vous rendre la pareille. Elle s'assit au côté de Frank, tout doucement, les fesses au bout du banc, et s'empara de sa queue gentiment, du bout des doigts. Après avoir jeté un regard au paisible landau, elle se pencha sur le sexe de Frank et le prit entre ses lèvres. La queue cajolée par la jeune mère, Frank se tourna vers Kami qui ne restait pas insensible au spectacle. La robe à ses pieds, des plaques rouges parsemant son corps, mélange de désir et d'émoi. Les yeux mi-clos, elle le regardait en se caressant. La jeune mère branlait Frank de plus en plus rapidement, prenant soin de taquiner le gland de petits coups de langue, marmonnant de plaisir entre les coups de tête. Frank était sur le point d'éclater. Il contracta son anus pour retenir l'éjaculation, regarda le coin inférieur de sa lunette et cligna des yeux pour commander la pause.

●●●

Ouf, il était moins une. Ces programmes, avec leurs options-surprises préenregistrées, allaient finir par le rendre fou. C'était quoi ce truc? Il n'avait aucun souvenir d'avoir choisi l'option «jeune mère esseulée, timide et assurément très garce». Oui, en effet, il pouvait reconnaître son attrait pour les jeunes femmes timides. Protéger, explorer, partager, s'abandonner, se confier, rire… Le retour dans son salon était un peu abrupt, d'autant plus que l'endroit n'avait rien de particulièrement réjouissant. La place se défendait tout de même avec ses instruments de musique disposés entre les vieux amplificateurs à transistors, véritables pièces de musée mais éléments essentiels de tout musicien traditionnel, dit «Trad», en l'an 33 de ce XXIe siècle. Le salon de Frank servait parfois de studio de fortune où, avec des copains, il s'en donnait à cœur joie en préparation d'un spectacle, pour le plaisir de jouer ou d'enfiler quelques verres ensemble. Les murs bruns étaient typiques de ce genre d'endroit loué au mois, mobilier compris. Son divan, autrefois radieux, croulait sous le temps perdu à divaguer avec les copains, sous les copains ivres et surtout sous les baises douces, torrides, tendres ou athlétiques. Kami, il voulait goûter son sexe. Clic des yeux.

●●●

Le grand corps était maintenant complètement nu. Kami se pencha vers Frank, qui glissa une main entre ses longues jambes. Le contact avec son sexe humide redonna de la vigueur à son érection. Il poussa plus loin son exploration et cette caresse eut un effet immédiat. Kami redressa son corps, arbre de désir au milieu du parc, laissant tout loisir aux attouchements de Frank.

— Oh oui, Frank, c'est bon, bouffe-moi, je t'en supplie.

Cette technique avait fait ses preuves. Frank ramena l'entrejambe de Kami à portée de nez et posa sa langue à l'intérieur de sa cuisse, puis remonta lentement. Tout en faisant glisser sa main libre entre ses fesses, il appuya sa bouche contre son sexe, mais cette fois sans le toucher. Il souffla et aspira, enivré par l'odeur de son sexe parfumé, secret de rousse. Frank la goûtait tandis qu'elle lui caressait les cheveux. La langue taquinait son plaisir, les doigts butaient contre la voûte de cette chapelle ardente. Cette chaleur envahissante et le rythme des caresses au sommet des lèvres bien ouvertes finirent par avoir raison de Kami. Émue par ces attouchements habiles et attentionnés, Kami fondit dans la bouche de Frank.

Il la prit contre lui, la tendresse qu'engendre parfois l'intimité se répercutant cette fois-ci jusqu'au cyberespace. Kami haletant contre son torse, c'était bon. Il aurait aimé écrire son nom sur sa peau virtuelle – Frank – à l'encre verte, suivant la courbe de sa hanche. Moment de grâce. Kami se dégagea en laissant glisser ses cheveux sur le visage de Frank, pur agacement d'une coquine reprenant son souffle.

Tout doucement, de la main gauche, elle saisit sa queue et commença lentement à le branler. Frank s'avança et posa sa bouche sur la sienne. Rien n'est plus mystérieux que la rencontre de deux bouches. Celle de Kami semblait avoir toujours été dans sa mémoire. Elle répondait doucement à ses avances, presque désolée de ne pas avoir été là plus tôt. Cette bouche, à elle seule, pouvait combler un homme. Kami laissa couler un peu de salive sur son gland pour adoucir la caresse. Combien de fois Frank avait-il subi les caresses à froid sur un gland qui souffrait autant qu'il savourait? À genoux devant lui, elle saisit ses testicules, les embrassa, les lécha, les suçota, tout en observant le visage de Frank, son sourire tout bête. Posant son regard sur la chute des reins de Kami, Frank pensa que ce cul était un délice, une perfection dans la forme, un don de Dieu en cas de coup dur.

Ce grand corps ondulant, cette tête rousse recouvrant le ventre de Frank, offraient un spectacle inhabituel aux passants. Les femmes, excitées par leurs ébats, commencèrent tour à tour à se déshabiller, suivant le

rythme de leurs caresses. Frank était ébahi par la différence des sous-vêtements, camisoles, strings, simple
coton, rose synthétique, soie mauve, pas de soutien-
gorge, pas de slip, chatte rasée, toison abondante, légèrement épilée, lèvres timides ou offertes. Kami avait
décidé dans sa tête virtuelle d'obtenir sa portion de
protéines. Cette bouche, oui, cette bouche habile uniquement pour lui et soudain, cette pulsion divine
montant du creux de ses reins. Abandon. Les femmes
nues, jambes écartées et bras ouverts, décollèrent une à
une et disparurent dans le ciel.

CHAPITRE 2
JUILLET PENSE À LOL

Dans huit heures, je serai morte, défiant le monde entier, assassinée par mes bons soins. À vingt-deux ans. C'est absurde de mourir ainsi alors que toute ma courte vie j'ai rêvé d'enfants, d'un chien et d'un jeune homme triste à la peau tendre à aimer. Ma mort pourtant donnera un sens à cette vie et il fallait que je sois conne pour ne pas comprendre qu'une vie pleine et heureuse ne se calcule pas par le nombre d'heures passées sur cette Terre pourrie. Il a fallu que je rencontre Lol, ma petite, ma sœur, mon amante, mon tendre joujou, ma complice de désir et de vie. J'arrive, Lol, ne sombre pas trop vite dans le néant. Tends-moi la main et laisse-moi le temps de te rejoindre.

Je pense à Lol et à notre rencontre, il y a un an. Un an déjà, une éternité entre la période de naïveté légère d'alors et l'amère lucidité, cette nuit dans ce train. Un an à peine, où j'étais heureuse et apaisée, simplement en harmonie avec l'image que je me faisais de moi-même : vive, sensuelle, douce et forte à la fois. C'était un de ces moments de légère euphorie où mon cœur battait vite et où de profondes respirations arrivaient à m'apaiser. Je retournais vers le studio, mission accomplie encore une fois, x milliers de dollars remis pour la cause, pour sauver le monde. Plus besoin de messie comme le clament les cathos, mais de l'action, de l'action, de l'action, les trois seules choses dont on ait besoin pour réussir sa révolution. Tout allait de travers sur la planète, mais je n'étais pas du genre à rester les bras croisés. Ce n'était peut-être pas grand-chose, mais mon petit maillon de Juillet était fier de sa contribution. Et puis il y avait ces mots d'amour qui me faisaient sourire et rougir, que je caressais avec ma joue, que je gardais contre ma peau. Je les ressortais sans cesse, bien calée dans une banquette d'un de ces Solbus, grosses coccinelles aux ailes photoélectriques, qui se frayait un chemin vers la ville. Le papier froissé par mes baisers était à peine lisible en cette fin de journée, mais la trace de ses mots suffisait à me troubler. J'étais un peu folle de lire et de relire sans fin ce poème, c'est vrai, mais c'était comme ça. S'enivrer de sa présence lointaine, faire naître le désir à l'idée de ses mains, goûter son absence jusqu'au vertige, jusqu'à la panique et vouloir se réfugier contre lui, puis l'attacher et en jouir à volonté en le chatouillant… Ce manque total qui vous vide le ventre et vous pince le cœur, cette tristesse qui vous enlace dans la solitude. Combien de fois mes lèvres sur ces papiers, de petits baisers en petits baisers ?

Nous venions de traverser une courte tempête, assez violente, et nous avions maintenant la chance de voir le soleil apparaître au loin, derrière les nuages. On saurait plus tard si cet orage avait démoli quoi que ce soit. Seul un arc-en-ciel lumineux traversait le ciel, comme si la nature voulait s'excuser de la démence des éléments. Pour l'instant, les façades des édifices de ces quartiers de banlieue déglingués défilaient à travers les fenêtres du Solbus et offraient un spectacle qui n'avait rien de rassurant. Des gens massés dans les villes et en périphérie, cherchant la sécurité et les services essentiels, que la campagne ne pouvait plus garantir. Surtout depuis qu'il était impossible d'y faire pousser quoi que ce soit, depuis que ces tempêtes de vents violents ou de grésil détruisaient les plantations au bon gré d'un climat imprévisible. Alors on se réfugiait près des grands centres urbains, où des familles entières – cousins, grands-parents, frères et sœurs – tenaient dans des espaces minuscules.

Dépliant le feuillet, je sentis une chaleur envahir mon ventre, ce qui arrivait à chaque fois que je le relisais. Ce n'était pas tant pour les images bandantes que j'y trouvais, que pour le souvenir de sa voix quand il m'en avait fait la lecture. Il avait eu peur de me choquer. Ça me fait sourire quand je pense à ça.

À Juillet, toujours nue dans mes pensées

Les lumières à l'intérieur du Solbus m'empêchaient de donner libre cours à sa demande. J'aurais volontiers fait glisser lentement mon survêtement d'une pièce pour me retrouver en camisole et en slip, afin qu'il me regarde du ciel, offerte et prête à subir tous ses caprices, qu'il comprenne que je lui appartiens et qu'il doit se méfier de moi car j'ai bien l'intention de l'enfermer bientôt dans mon studio pour abuser de lui. J'étais à la fois l'appât et le piège. Excitée un peu plus, et tout en relisant pour la millième fois ses mots, je laissai ma main glisser vers ma culotte. J'avais pris soin de mettre ma combinaison en mode « confort », afin que le tissu s'écarte doucement de mon corps et laisse le champ libre à mes mains baladeuses. Ces combinaisons « intelligentes », aux tissus polymorphes, permettaient d'adapter votre style vestimentaire à votre humeur du moment. De « business » à « vamp », votre combinaison se transformait, s'ajustait à votre corps ou le laissait respirer davantage, à votre guise. Une simple pression sur le poignet du vêtement permettait de sélectionner le mode désiré. Vous pouviez ainsi rencontrer votre banquier dans une combinaison à col monté « jeune femme d'affaires déterminée » et vous précipiter chez votre amoureux en mode « séduction », combinaison transparente, soulignant avantageusement vos formes.

J'arrivais parfois à retenir mes caresses dans les endroits publics, mais, en relisant son poème, c'en fut trop pour moi. Je n'avais rien à perdre, il n'y avait personne, hormis cette adolescente à demi endormie qui parcourait un de ces grands écrans souples dont les ados raffolent, visionnant du bout des doigts pubs, défilés de mode et autres trucs de rencontres amoureuses. Deux ou trois vieux, qui fantasmaient probablement sur nous, complétaient le tableau.

À nos baisers doux, à nos désirs,
À ta bouche avide et généreuse,
À la beauté du monde quand
nous sommes ensemble.

Ça me prit au creux de la poitrine, même si j'en avais déjà fait la lecture plusieurs fois. Simple et doux, comme lui, avec des sentiments qui s'étendent sans fin, où l'on peut courir, jouir, se perdre, s'aimer et dormir ensemble. Vite tes lèvres sur mes fesses, ta tête au creux de mes reins. Viens contre moi pour que mes cils caressent ta joue.

Tu caresses ma joue, j'écarte ta culotte offerte,
chaude et humide, et dépose un long baiser.

Il m'en avait fait la lecture à l'une de nos premières rencontres et, bien qu'amusée et flattée sur le coup, je n'avais pas saisi toute la tendresse derrière son désir avoué en toute candeur, tel un amoureux de dix ans cherchant ses mots et un peu de courage. Au creux de ma banquette, son poème me donnait chaud et mes doigts faisaient leur chemin à travers le léger duvet qui servait parfois de moustaches à mes jeunes amoureux. Ses mains. De tout mon corps, je demandais la présence de ses mains, telle Salomé réclamant la tête de Jean-Baptiste, je crois.

J'ouvris un peu ma combinaison afin de laisser davantage de latitude à mes jeux. D'une des poches, celle de la cuisse, je sortis un petit vibrateur mignon pour m'accompagner dans ma lecture. Mes lèvres déjà très humides reconnurent leur lapin jouet favori. Glissant le petit animal sur le chemin de l'abandon, où il se mit à ronronner. Ce n'était pas un trip de cybersexe, avec tout l'équipement, mais un peu d'intimité ne faisait parfois pas de mal.

Ma voisine semblait moins endormie que je ne l'avais espéré et ses petits yeux mi-clos ne se refermaient plus, préférant observer les mouvements de ma main dans ma combinaison ouverte. Je lui ai adressé un sourire avant de fermer les yeux pour mieux sentir travailler mon vibrateur. Le petit lapin broutait doucement, son museau rebondi caressant l'intérieur de mon sexe, tandis que mes doigts massaient le sommet de mes lèvres. Le désir commençait à me dominer et tous les muscles de mon corps s'étiraient pour laisser le plaisir monter. Oui, écarte ma culotte et viens l'embrasser, laisse-moi voir ta bouche sur mon corps offert.

Ta main triomphante dégage ma verge,
ta langue m'enivre.

Oui, ta langue caresse mes lèvres gourmandes, la mienne cherche les tiennes. Ma langue perdue dans ta bouche, ma bouche suçant ta langue, nos langues mêlées et nos bouches aspirées. Perdus l'un dans l'autre. Baise-moi, mon amour. Vite, vite.

Le petit lapin n'avait plus besoin de mon aide; il allait et venait à bonne cadence dans son petit terrier humide, mes doigts accélérant la cadence. Souffle saccadé, j'avais déjà presque perdu contact avec la réalité quand j'entrouvris les yeux. Les siens étaient bien ouverts et elle me regardait avec un grand sourire. Surprise, j'ai bien tenté de me retenir, mais le petit rongeur travaillait trop bien. C'est ainsi que Lol me vit jouir pour la première fois.

Elle devait avoir environ seize ou dix-sept ans, sa peau rosée trahissant sa jeunesse et son innocence. Elle portait une combinaison mauve, tatouée de signes qui ne me disaient rien. Les quelques piercings sur sa combinaison, plus holistiques que sexuels, lui donnaient des airs d'ange. Je lui fis signe du regard de venir me rejoindre, ce qu'elle semblait attendre puisqu'elle bondit de son siège comme si elle en avait été éjectée.

— Salut, petite voyeuse, c'est quoi ton nom?

— Moi c'est Lol. À chaque voyeuse son exhibitionniste, *bu*?

— Les deux vont ensemble, non?

— Oui, *shi*!

Nous avons éclaté de rire. Lol avait réellement le profil de la gosse de riches qui avait mal tourné. Voulant faire sa cool en ponctuant la conversation d'expressions chinoises, comme le faisaient les plus jeunes. À la mode, quoi, mais qui n'avait pas suivi les pas tracés par papa et maman. Les bonnes filles ne portaient pas de combinaisons moulantes, tatouées et percées, même si celle-ci laissait voir une fille plutôt sage. Ses traits étaient doux et son regard vif malgré ce voile de tristesse qui la rendait encore plus craquante. Avec ses allures de rebelle, elle aurait probablement voulu être prise au sérieux. Mais Lol était faite de tendresse et de rondeurs, ce qui rendait vaine toute tentative d'effrayer qui que ce soit. À la limite, son air de jeune fille perdue suscitait la sympathie et on se demandait ce qu'elle faisait si loin de chez elle.

— Ça t'arrive souvent?

— Quand c'est trop. Ou que je m'ennuie.

— Tu lisais quoi? Un poète?

— Si tu veux. Quelqu'un qui me rend folle, ce qui, dans mon cas, n'est pas très difficile. (sourire)

— Un nouvel amoureux? *Xinew*?

— Oui, peut-être. Mais pour le moment…

— Ça ne se sait pas tout de suite, ces choses-là?

Elle était vraiment mignonne. Un petit chat esseulé. Mais avec une force de caractère, une détermination qui tranchait sur son allure juvénile. Qu'on le veuille ou non, jouir devant quelqu'un, ça crée des liens et nous nous sentîmes bien immédiatement en présence l'une de l'autre. Nous avons continué de discuter jusqu'au terminus. Lol était en cavale, à la recherche d'elle-même et surtout, d'un toit pour l'abriter. Je l'ai invitée au studio, où elle pourrait passer quelques jours, si elle le voulait. Évidemment, j'ai dû lui faire part des activités qui s'y déroulaient.

— Est-ce que tu m'invites pour ça ?

— Non. On verra bien si ça te tente. Pour l'instant, tu peux rester le temps qu'il faut, le temps de retomber sur tes pattes.

— *Hé qui…* (c'est gentil)

Cela faisait six mois que j'avais ouvert le studio. Cette idée m'était venue après une réunion de notre cellule écolo d'intervention où nous avions eu pour mandat d'augmenter les revenus de l'organisation. Notre mission, financière, était très simple et n'avait rien à voir avec les factions tactiques qui perpétraient les attentats, et encore moins avec les kamikazes, que nous trouvions limite débiles. Il fallait augmenter les revenus du comité central, qui décidait du choix des opérations : campagnes médias dénonçant les actions des transcorporations, décontamination de terres et actions plus ou moins à la limite de la légalité. Il fallait parfois utiliser les arguments des plus forts pour se faire comprendre et ça sautait. Les détails, on n'en savait rien. Et notre cellule était plutôt *soft*, malgré les quelques têtes folles qui parlaient de libérer la planète, l'écume aux lèvres. De toute façon, le groupe avait une structure très décentralisée et peu de membres connaissaient les membres des autres cellules, et encore moins leurs actions. Les têtes dirigeantes changeaient après chaque opération. Une organisation reposant sur les convictions de ses membres plutôt que sur le pouvoir ou la hiérarchie. Un embarras pour tous les gouvernements, qui se succédaient d'ailleurs à un rythme infernal. Mais plus personne de sensé ne comptait sur ces décadents pour décider quoi que ce soit. Ils avaient été les pantins et les valets de plus fort qu'eux. Alors, on s'en méfiait.

J'avais déjà, depuis quelques années, un site perso sur lequel je diffusais des images de moi, nue, pour accompagner mes récits érotiques. J'invitais mes lecteurs à me faire part de leurs aventures et de leurs fantasmes, que j'intégrais par la suite à mes écrits. Je me faisais de nouveaux amis. Rien de bien choquant, un passe-temps libertin pour m'exhiber et échanger avec des esprits un peu tordus et rigolos. Après cette réunion de notre cellule écolo, il me sembla évident que je devais tirer profit de mon expérience avec mon site perso pour créer un site de cybersexe payant et financer l'organisation. En moins de deux, j'avais loué le studio et fait l'acquisition de l'équipement de base. Facile. Trop. En fait, il y avait du cul partout. Une surconsommation de sexe : panneaux publicitaires à faire perdre le contrôle à Ulric[1], cybersexe, megamédias et

---

1 Ulric : Programme de conduite assistée.

tous, absolument tous les objets de consommation. Surtout dans le domaine alimentaire, où l'oralité sous toutes ses formes s'était rapidement imposée. Ça suçait, léchait et pénétrait tout, partout. Terrain de toutes les rencontres, le sexe tenait lieu de sentiment en ce début de millénaire.

Je n'avais pas le choix de trouver une approche originale pour ce nouveau site de cybersexe. Écolo et underground, oui, avec des filles et des gars comme moi, qui adoraient le sexe, les jujubes, la défonce et qui voulaient changer ce monde pourri. Il fallait aller chercher le cash des vieux pervers impuissants que même l'intran-cybersexe, pourtant assez jouissif, ne faisait déjà plus bander. Rien ne change dans ce monde : il y a ceux qui jouent et ceux qui regardent. J'allais les exciter et leur arracher beaucoup, beaucoup d'argent. Mais comment ? Mon petit cul, aussi mignon fût-il, ne suffirait pas à faire baver toute la planète dans cet univers où le sexe concurrençait l'air et l'eau. Durant deux semaines je n'ai eu que cela en tête, ce qui ne me changea pas réellement de mon quotidien, au fond.

C'est dans ma douche que la solution arriva. Il me sembla soudainement évident que tous les sites actuels ne faisaient que promettre une expérience érotique unique et inoubliable, en groupe, par sodomie, par inceste, pédophilie, zoophilie, dans toutes les catégories possibles : culs-de-jatte contorsionnistes aveugles et nonnes défroquées, ou tout à la fois. Tout ça fonctionnait rondement, mais à vide, à en vomir de tristesse.

Et malgré mon imagination fertile en ce domaine, et même si je proposais de sauver la planète, il m'était impossible de faire compétition à ces tordus. Il fallait aller plus loin, trouver autre chose.

Il y avait le viol d'otages en direct qui excitait bien les plus pervers, et encore. Mais je n'étais ni violente ni perverse, plutôt coquine et douce. Je voulais arracher le plus d'argent possible à une faune d'obsédés prêts à en cracher en échange de sensations fortes, pour faire lever leur bite molle. Pourquoi ce besoin toujours inassouvi de jouissance ? Probablement dans le fait de ne pas baiser assez souvent, alors qu'on ne voyait que ça à longueur de journée. Ou peut-être dans celui de devoir payer pour jouir, de mettre le cash entre eux et leur désir. Pourtant, il suffisait d'étendre la main pour s'abandonner à tous les plaisirs. Il ne s'était pas trompé, celui qui avait prédit que le XXIe siècle serait sexuel ou ne serait pas. Le sexe était partout et rien n'était plus banal aujourd'hui que cette simple activité humaine, enfin, quand elle reste sur le plan des humains et des vivants. Un siècle sexuellement plus actif que le précédent, mais sans réellement plus d'imagination, juste plus extrême, plus violent. Moins hypocrite, par contre, que ces petits merdeux qui nous avaient légué ce monde en fin de parcours. Fallait tout de même être un peu demeuré pour aller chercher des fruits et des légumes en turbo-réactés à l'autre bout de la planète, sans penser que ça pouvait aussi foutre le bordel chez les papillons. Demeuré, le mot est faible. Aussi bien

mettre un de ces vieux fers à repasser dans un aqua-
rium, tant qu'à y être. Résultat : le climat était pourri et
instable, et des populations entières, fuyant les inondations, les cyclones et les glissements de terrain, cherchaient de nouvelles terres d'accueil. Autant de drames
humains. Mais nous étions en train de faire le ménage
et d'arranger tout ça. Il y a des jours où être douce me
donne mal au cœur. Parfois une petite pensée sadique
traverse mon esprit et j'imagine ce qu'aurait pu être
notre planète si quelqu'un avait eu le courage de faire
sauter la tête de ces vieux débris et de mettre fin à leurs
rêves égocentriques destructeurs à chier.

Alors, je me suis souvenue de cette exposition où
les œuvres avaient pour fonction de puiser dans vos
souvenirs afin de faire émerger vos émotions, vos fantasmes, ce que l'artiste appelait une archéologie du
désir. Ça s'opposait à l'ego de l'artiste qui veut, encore
une fois, imposer sa vision du monde. À quoi bon
vouloir remettre l'humain au centre de la création, qui
était déjà une défaite ? Mais plonger dans l'humain, au
cœur de son intimité, lui faire revivre les moments qui
l'avaient façonné, mieux encore, lui faire revivre ces
étapes ratées, en faire un homme meilleur. C'était pas
mal. Je sais bien que j'avais déjà entendu ça quelque
part avant, mais, à ma façon tendre et joyeuse, nous
allions réussir là où les autres avaient fait patate,
comme ils disaient. Déesse d'espoir, j'avais trouvé et
j'allais, avec mon corps, obtenir la rédemption de tous.
Faire revivre des expériences ou des fantasmes, les

mettre en scène. On allait s'amuser! C'était plus compliqué que de diffuser simplement les copains et copines en train de baiser, mais ça nous permettrait de jouer et de nous différencier de ces milliers, de ces milliards de sites de cul. Le sort en était jeté. Allez jolies, à l'aise.

J'ai expliqué ça à Lol, sans trop entrer dans les détails. Elle s'endormit lovée contre moi avant que j'aie pu terminer, en respirant doucement, paisible, et ça m'emplissait le cœur. Le hasard était bien la dernière chose qui nous permettait d'espérer de nos jours. Le nez dans ses cheveux, je me souviens d'avoir déposé un baiser sur son front avant de fermer, moi aussi, les yeux.

Je me suis réveillée en sentant sa langue léchant mes mamelons. Dehors, un orage violent frappait la ville et le vent semblait vouloir arracher les toits. Sous la couverture chaude de nos corps, dans la moiteur du matin, ses doigts avaient rejoint ma chatte avant mon réveil. Voulait-elle payer le prix de la nuit? Le grésil frappait à la fenêtre de la chambre et j'étais certaine de ne pas vouloir laisser ce chaton à la rue.

CHAPITRE 3
ALLEZ DONC SAVOIR CE QUI EST VRAI

Les histoires de Lou, ses histoires de cœur, ne cessaient de faire rigoler Frank. Non pas qu'il était indifférent aux passions et aux états d'âme de son ami. Non. Seulement incapable de définir ce capharnaüm amoureux. Un labyrinthe, un casse-tête ou peut-être un match sans issue. Des montagnes russes où Lou avouait lui-même être un esprit faible, heureux les jours où une jolie fille jetait un regard intéressé dans sa direction, abattu quand ses maîtresses ne répondaient plus à ses appels. Artiste maudit par ses contemporains – c'est lui qui le disait – dont le travail était plutôt mal accueilli par tous, artistes de sa génération, critiques et même marchands d'art des grandes surfaces. Il aimait affirmer ironiquement que son travail était bon puisque la critique était unanime. Frank était là les mauvais jours comme les bons, bien que dans les bons, on pouvait perdre parfois la trace de Lou pour quelque temps. Tel un noyé, il finissait toujours par remonter à la surface et Frank l'attendait au Red Kat pour lui payer un verre. Ils étaient amis depuis maintenant cinq ans et pourtant, auraient-ils dit, depuis toujours. Frank et Lou, Lou et Frank, heureux de se retrouver comme prévu pour l'apéro.

— Ouf, il était moins une, Frank. Enfin, c'est mieux comme ça.

— Pour qui?

— Je me prépare au long désert, loin du regard des femmes, loin de moi, finalement.

— Arrête de dramatiser, Lou, ça n'allait nulle part cette histoire avec… avec qui déjà?

— Maria. Maria la tendre muse, la jeune modèle de rêve. Et je ne l'aimais pas. Tu imagines, et ça me tue. Tu as raison, finalement, je m'en tire pas mal.

— Tu t'es bien amusé, non? C'était un bon coup, d'après tes sourires sous-entendus et tes airs de rêveur quand tu me parlais d'elle.

— Pas un bon coup, non, une douce merveille. L'avoir contre moi et l'entendre dire «Salut» au creux de mon oreille… le plus beau mélange de sensualité, d'intelligence et de beauté que j'ai jamais rencontré.

— Tu ne t'entends pas, Lou. Qu'est-ce que ça te prend ? Il me semble que ça serait moins dur pour toi si tu avouais que tu es amoureux d'elle.

— Ce n'est pas pareil, Frank. Je l'ai dans la peau. Moi, c'est elle et elle, c'est moi. Baiser bouche contre bouche pendant des heures, l'aspirer, la couvrir de douces caresses. Physique et spirituel, sans passer par le cerveau. *Anyway*, c'est fini. *I drink to that.* Qu'est-ce que tu m'offres ?

C'était ça, Lou. Cet état de spleen, contrairement à ce qu'on aurait pu croire en l'écoutant, était l'état dans lequel il produisait ses plus belles œuvres. Mû par le souvenir de ces fesses bien rondes, de ces lèvres gourmandes et de cette tête abandonnée, il tombait dans un romantisme hors d'âge qui attisait son âme créatrice. Rien à voir avec Frank, qui avait besoin de couilles vides et de l'absence de tourments amoureux pour entendre sa musique intérieure. Ils trinquèrent au plaisir des rencontres à venir. Derrière la douleur des séparations les plus difficiles se cache toujours l'inévitable espoir d'une prochaine rencontre.

Sur les murs autour d'eux, au-dessus des anciennes moulures, les grands panneaux-écrans emplissaient toute une section du Red Kat. Des jeunes et des vieux s'y côtoyaient, et on y venait pour cette atmosphère de café du siècle dernier. Un mobilier fait de divans, de fauteuils et de chaises de styles différents, toutes époques confondues, ce qui donnait un caractère sympathique à l'endroit. Ils étaient accoudés au grand comptoir, comme à l'habitude. Un grand brun assez sexy dénommé Frank et un petit blond aux traits fins qui répondait au nom de Lou. Mi-vingtaine, juvéniles et dotés d'un humour rare en ces temps d'incertitudes. L'air plus vieux que ne l'étaient leurs vieux au même âge, davantage insouciants puisque semblables aux autres jeunes de leur génération, c'est-à-dire sans véritable avenir. Hirsutes. Si une brosse à cheveux avait fait son entrée au Red Kat et s'était assise au bar à leur côté, ils l'auraient saluée, sans pourtant la reconnaître. Ce témoin improbable aurait entendu le rire étrange de Lou, petites saccades de plaisir, entre deux intervalles de conversation intéressée où les deux amis réglaient le sort du monde, aussi incompétents à lui trouver un sens que tous les idéalistes depuis les débuts de l'humanité. À la différence que ce monde, au moment où Lou riait et pleurnichait sur ses déboires amoureux, stagnait dans sa merde et se préparait lentement mais sûrement à tirer sa révérence après un glissement aussi absurde que prévisible. À qui la faute?

À vrai dire, on n'avait pas eu le choix. Les trans-corporations avaient freiné le développement de ressources énergétiques alternatives et, au moment où on en aurait eu besoin à grande échelle, il n'y avait rien d'autre pour remplacer le pétrole que le bon vieux charbon. On n'allait tout de même pas arrêter de s'amuser pour si peu. Malheureusement, la limite était atteinte et l'atmosphère déjà saturée. Alors nos arbres, qui ne supportaient plus les nouveaux écarts de température, mouraient et pourrissaient. Le méthane, jadis prisonnier des pôles, s'était joint à la fête et le reste était de l'histoire ancienne.

Gel, dégel, variations de température extrêmes, pluies abondantes et grésil. Les récoltes étaient rares et le maïs pourrissait par la racine quand il n'était pas arraché par des vents violents. S'approvisionner en produit frais relevait de l'exploit et demandait des heures de recherche et d'attente. Parfois, seule la chance vous permettait de ne pas rentrer chez vous bredouille d'une tentative d'approvisionnement. Les produits de qualité se négociaient au marché noir et les plus démunis survivaient principalement grâce aux suppléments alimentaires et aux cocktails antiviraux, quand on en trouvait. Lou et Frank n'étaient ni riches, ni pauvres, se donnant un coup de main quand l'un deux voyait entrer un peu d'argent. Ils tiraient parfois le diable par la queue entre deux contrats, mais arrivaient tout de même à se payer une bière ou deux au Red Kat.

— Alors, Lou, c'est quoi ton nouveau bidule d'agenda?

— Ne parle pas comme ça de cette merveille, malheureux! Un programme simple et ingénieux, adapté aux besoins de l'homme moderne. Tout ce que je regrette, c'est de ne pas l'avoir inventé moi-même. Manque que le décodeur pouvant donner instantanément le prénom et le numéro contact d'une fille croisée dans la rue.

— Évidemment, tu vas rappeler Mercedes.

— Qu'est-ce que tu ferais à ma place, Frank? D'ailleurs, c'est davantage toi qui me préoccupes. La place semble pas mal vide à tes côtés et depuis un bout de temps. Je sais, je sais, monsieur, je n'ai pas à m'inquiéter, tout est sous contrôle, comme toujours. Tu dois quand même commencer à être tanné de te branler dans ta combinaison en pensant à Saskia, non?

— Arrête de faire de la projection. Y a juste les paumés qui passent leur temps à baiser dans ces combinaisons.

— Il me semble, oui...

— Au fait, Lou, comment tu l'as trouvée ma petite Miss Météo? Bandante, non?

— Pas mal, pas mal, mais tu sais, Mouil TV, pour moi, c'est davantage un fond sonore. Pour soulager mes bas instincts, je vais plus souvent me perdre dans des circuits où les touristes ne se promènent pas.

— T'imagines le temps que tu passes là-dedans, à fouiller cette merde, plutôt que de travailler à tes futurs chefs-d'œuvre...

— Pourquoi futurs?

— D'accord... mais es-tu réellement obligé de les voir se faire dépecer en direct pour bander?

— Pour un musicien Trad... je me demande comment la nature humaine peut te laisser aussi indifférent.

— Il y a comprendre de l'intérieur et comprendre, Lou. On dirait que si t'as pas vérifié sa vésicule biliaire, c'est pas assez pour jouir.

— Arrête de faire ta vierge offensée, Frank. Dans ce bordel, comme tu dis, et le contraire serait difficile à soutenir, il y a aussi des perles. Et même pour toi !

— Bon, c'est quoi ?

— Ha, voilà ! Tout ça est dégoûtant quand ça regarde la plèbe hébétée, assoiffée de sexe et de sang. Mais quand ça regarde monsieur… Un tantinet hypocrite, non ?

— Tu ne veux pas un autre verre ?

— Bon, si tu me prends par les sentiments. Je suis bien prêt à passer l'éponge. Pour cette fois-ci. (sourire)

— En fait d'éponge, Lou, y en a pas deux comme toi !

Lou lui raconta comment il était tombé sur un site perso un peu fou. Fou justement parce qu'il datait, esthétiquement, du siècle dernier et qu'il était consacré aux jeux érotiques littéraires d'une jeune fille. Une jeune comtesse de Ségur hardcore. Sage et allumée à la fois. Pas tout à fait le genre de Lou, surtout que visuellement, à part le cul ravissant de la fille, c'était assez nul. En fait, plus personne ne faisait ça, ni dans la forme, ni dans le contenu. Des images fixes, de la poésie, un hologramme archaïque. Il savait d'ores et déjà que c'était un truc pour Frank. Mais il voulait le faire languir encore un peu.

— Tu vois ce nouvel agenda : petit programme, gros effets. Cycle complet des copines, ovulation et menstruations. Aucune erreur possible, pas de temps perdu, pas d'espoir déçu et… pas de danger de paternité non espérée.

— Pratique, mais pour la paternité, qu'est-ce que t'en sais ? Avec ce qui nous reste de sperme dans les couilles…

— Justement, Frank, c'est ce qui les rend folles. Toutes veulent d'une bonne dose de spermatozoïdes. Pour le plaisir ou pour ce désir fou de mettre un enfant au monde. Dans ce monde débile, il faut le faire.

— Et qu'est-ce que te raconte ton gadget pour demain ?

— Bingo, Mercedes !

— Eh bien, c'est ça que tu voulais, non ? Ça vient d'où ce penchant pour les femmes plus âgées ? La planète bande de plus en plus pour tout ce qui est jeune peau mais toi, tu fantasmes sur les vieilles.

— Un Œdipe mal réglé, peut-être… mais Mercedes, malgré ses 33 ans, n'a pas d'âge. Et puis, Frank, j'aime toutes les femmes ! J'aime le tendre et la passion. Voilà ce que je cherche. Mais en général, les femmes ont un plan, un programme. Et elles le connaissent. T'as jamais remarqué que le doute, c'est pas leur fort ? Avec autant de vérité concentrée dans leurs petites personnes, on n'aura bientôt plus besoin d'art pour trouver un sens à nos vies…

— Lou! Qu'est-ce qui t'arrive? Tu dérapes ou quoi?

— Hé, hé… *The dark side of Lou…* À vrai dire, je ne sais plus où j'en suis. Je glisse, mon vieux. Bon, c'est sûr que la fin de cette belle histoire avec Maria, aussi belle que ses fesses, me déstabilise un peu.

— Monsieur est déstabilisé. Pas mal, ça…

— Oui et c'est ça qui est con. Tout ça est très beau et ça devrait suffire à générer le plus bel état d'extase. Est-ce qu'on est malheureux à la fin d'un bon repas? Non. Alors, pourquoi est-ce que je devrais chialer mes tripes parce que nous prenons des chemins différents?

— Et à la vue des Nippons, la Chine se souleva!

Ils rirent un bon coup de cet «À la vue des nichons, la pine se souleva!» Les grandes analyses de Lou sur sa vie amoureuse ressemblaient aux histoires de pêche des anciens marins. Allez y chercher un fond de vérité. Il adorait se mettre en scène et faisait souvent la cour à une femme tout simplement parce qu'elle attendait ça de lui, sans réellement vouloir finir au lit. Et comme il s'en foutait, ça finissait souvent au lit. Alors qu'au moment où il voulait que ça marche, il devenait un beagle lyrique, anéantissant lentement tout espoir de fin heureuse.

— Alors, Lou, explorateur des temps modernes, c'est quoi, cette trouvaille?

— De quoi tu parles?

— La jeune comtesse perverse que tu as dégotée pour moi?

— Oh, le Cul. Oui, je vois. Ça donnait quelque chose qui ressemblait à ça: «Il était une fois une jeune fille douce, tendre et perverse. Dès le lever du jour, elle rédigeait des lettres érotiques enflammées pour des amants imaginaires… qu'elle distribuait sur son passage au cours de la journée. Un jour, elle reçut une réponse si chaude qu'elle se caressait chaque fois qu'elle la lisait et la relisait. C'est ainsi que la fille rêveuse et fort excitée chercha dans la ville un visage, une trace de son amant imaginaire… Elle interrogeait tous et chacun, partageant ses écrits enflammés et son univers érotique…» Enfin, c'est à peu près ça. Ton genre, Frank, non?

— Pas mal. Et la fille?

— Hum. Pure merveille. Mais un air trop affecté pour moi. Pas tout à fait mon genre.

— Qu'est-ce que t'as contre son style, Lou? Tendre, sexy, même si un peu trop aristo-romantique à mon goût. Mais ç'a aussi son charme si la fille n'est pas trop emmerdante avec ses grands mots et son univers intérieur. Ça vaut bien des histoires de gars qui veulent se rendre intéressants parce qu'ils connaissent un producteur, qu'ils ont des relations ou qu'ils veulent tout faire sauter, tu crois pas?

— Tout, plutôt que ces conneries. Comme ça, ç'a sauté chez vous ce matin?

— Ouais, la bagnole du voisin. Une grosse Schiller, douze portes.

— C'est pas justement censé être indestructibles, ces machins-là?

— Lou, le gars était fou de rage. C'était pissant à voir. Le gros chagrin. Bagnole boum. Booouuu. (rires)

— T'aimerais ça, toi, te faire sauter tes guitares et tes amplis par des demeurés?

— C'est sûr que non. Enfin, c'est un peu extrême, non? S'en prendre aux bagnoles du peuple pour un idéal… pour sauver la planète. Peut-être que ça se tient, mais de là à…

— Faire sauter une bagnole pour sauver la planète, Frank, ça oui. Faire sauter des innocents en faisant sauter des bagnoles, non. Se faire sauter, servir de bombe humaine, pour assassiner des PDG de trans-corporations polluantes, non merci.

— De quoi tu parles?

— Jeune homme, sur quelle planète tu vis? Tu devrais lâcher Mouil TV.

— C'est quoi, Lou, cette histoire de PDG assas-sinés?

— Les bagnoles, c'est fini. Et c'est pas moi qui le dis. Ils se font sauter avec des dirigeants d'entreprises. Ils se prostituent, s'infiltrent dans les réseaux de l'élite des transcorporations et se font sauter pendant qu'ils baisent. C'est pas les megamédias des cons qui vont nous raconter ça.

— Bon, la théorie du complot maintenant?

— Pas nécessairement, Frank. Mais plus personne ne s'intéresse à ce qui se passe au coin de la rue. Alors qu'est-ce qu'on retrouve sur les écrans? Du drame, du simili-drame et du réel quand ça sent la catastrophe et le cyclone assassin. Bon, c'était peut-être pas mal emmerdant, toutes ces vieilles chaînes d'infos, mais au moins, quand ça se corsait, il y avait un illuminé qui se réveillait et qui sonnait l'alarme.

— De toute façon, Lou, avec le roulement d'images 24 heures sur 24, y a plus personne qui porte attention à ce qui se dit. Tout disparaît et le lendemain on passe à autre chose. Au suivant. Mais je ne pensais pas que c'était aussi dément, ces histoires de militants écolos.

— Et ce sont les plus jeunes. Ados, 14, 15, 16, 17 ans max. Jeunes débiles. Si j'en prends un, j'en fais un quartier de bœuf, style Soutine.

— Un autre inconnu infortuné de génie comme toi?

— Si tu veux. Le meilleur peintre de l'École de Paris, en 1900 et quelques.

— Ah… Si tu le dis. Pas question de briser une amitié pour si peu…

Les troubles avaient débuté il y a un peu moins de dix ans maintenant. Au moment où les religieux extrémistes avaient fait sauter une bombe sale dans une gare de triage, en plein cœur de la ville. Oui, une sale histoire, dégoûtante, des milliers de personnes mortes les poumons brûlés par les gaz, après une longue agonie. Pour les extrémistes écologiques, ce n'était pas les pertes humaines qui étaient graves. Les dommages

engendrés par la combinaison des gaz dans l'atmosphère, bousillant davantage le fragile équilibre de la
planète, avaient fait monter les écolos aux barricades.
Tout ça entraîna une grande confusion entre les membres du mouvement, les uns militant pour l'arrêt de
l'exploitation de la planète, les autres visant l'éradica-
tion de toute vie le plus rapidement possible.

Qui avait raison? Qui avait tort? Chose certaine,
la faction facho-écolo avait pris le dessus pendant un
temps, ce qui n'aida en rien la cause des écolos en général. Ces milices composées de volontaires fouillaient
les poubelles et organisaient des inspections dans les
maisons, les logements, à la recherche d'un indice de
négligence environnementale. On s'engueulait et s'ac-
cusait entre amis de trop consommer et de mener la
planète à sa perte. Évidemment, avec les militants, tout
sens critique avait pris le bord. Personne ne pouvait
être plus blanc, plus pur qu'eux, et toute initiative
n'était valable à leurs yeux que si elle était totale. La
suite était des plus prévisibles. Division dans les rangs,
militants modérés d'un côté et extrémistes de l'autre.

Sur le fond, les deux groupes n'avaient pourtant pas
complètement tort. Il fallait réduire la consommation
d'énergie, c'était l'unique solution. Malheureusement,
cette surconsommation effrénée était l'assise même de
ce mode de vie auquel toute la planète aspirait, surtout
ceux qui commençaient à y goûter. Surconsommation
et réduction énergétique, paradoxe presque enfantin

s'il n'avait pas eu pour conséquence d'assécher la planète, de mener à l'errance des populations entières et
de bousiller tous les systèmes de régulation du climat.

La qualité de l'analyse s'était perdue au fur et à
mesure que montait la ferveur dans les rangs et que
grandissait le mouvement. Jamais on n'aurait pensé
que les écologistes se feraient tueurs. Ils n'avaient pas
eu d'autres choix que de s'associer aux mouvements
religieux les plus extrémistes, alliance inusitée et terri-
ble ayant pour but de renverser tout pouvoir établi,
avec l'espoir de négocier un nouvel Éden. Pour l'instant, l'espoir s'était envolé et ça sautait un peu partout
dans la ville, ramassant au passage crapules, têtes de
mules et innocents.

Lou et Frank n'appartenaient pas à cet univers.
Artistes contemporains sans vraiment l'être, en marge
des pratiques artistiques de leur époque, ils revendi-
quaient leur indépendance d'esprit et avaient de la
difficulté à se laisser embarquer dans les projets politi-
ques. Ils n'étaient pas les seuls, puisque la grande
majorité de la population partageait leurs vues, tout en
étant plus ou moins informée. Pourtant, l'écran géant
de votre téléviseur s'ouvrait automatiquement à tout
moment du jour et de la nuit. Le principe était simple.
À l'instant où les systèmes d'évaluation détectaient
votre présence, on vous débitait un programme corres-
pondant à votre profil de consommateur. Lou et Frank
avaient connu le Big Bang des contenus médiatiques et
la fusion de tous les supports de diffusion : téléphonie,

web, télé, radio, cinéma. Un écran, un clic, pour des milliers de contenus, tous reliés entre eux. On vous bombardait de toutes parts, sur les façades des édifices, dans les transports, au boulot, à la maison et même sur votre « Tact », petit écran souple autocollant que vous posez sur l'avant-bras de votre combinaison et qui vous permet de rester connecté avec le reste du monde en tout temps. Un univers hypercomplexe et sans fin, toujours en expansion. On s'arrangeait pour que vous y trouviez tout ce qui vous convenait et ce, avant même que vous le demandiez. De toute façon, la majorité des gens laissaient leurs écrans ouverts 24 heures sur 24, environnement média qui donnait à chacun le sentiment rassurant qu'on s'intéressait à lui.

L'humanité arrivait à un carrefour, mais les grands enjeux étaient absents de la constellation médiatique. Les écrans couvraient plutôt tous les plaisirs et désirs possibles. Les couples faisaient l'amour en direct pour gagner un voyage ou un bébé, souvent juste pour le plaisir d'être vus en train de jouir. Célèbres l'espace d'un instant et riches pour l'éternité s'ils savaient tirer leur épingle du jeu en exploitant ce moment de réalité partagé avec tous. Éjaculez le plus loin et devenez président d'un jour. Zilliardaires au 20e orgasme!

— Alors Lou, tu vas travailler un peu?

— Un peu, un peu… toute la nuit, oui!

— Tu travailles sur quoi en ce moment?

— Je cherche, je cherche… Tu sais, c'est pas tout d'être contre, il faut aussi proposer quelque chose.

L'essence même de la peinture, cette capacité d'une œuvre à entrer en relation avec celui qui la regarde, j'y tiens. C'est vieux jeu, je sais, mais pour moi il y a encore là un univers à explorer. Aujourd'hui, le travail qu'on trouve partout se suffit à lui-même. La plupart du temps épatant, mais l'originalité pour l'originalité, en tant que finalité de la création artistique, moi, j'y crois pas. Enfin... il faudra bien que je trouve quelque chose... Sinon, une autre production de grands tableaux sur les égouts de notre planète, ce qui ne serait pas si mal. De quoi remettre les finances à flot...

— Tu penses vraiment à une autre série sur les égouts?

— Enfin, on verra. C'est difficile de passer à côté de la détresse humaine par les temps qui courent...

— Et Mercedes? Tu ne vas quand même pas faire attendre Mercedes jusqu'à demain?

— Bof, il faut voir. Les courbes de Mercedes sur le divan, ça peut rendre service à l'histoire de l'art...

— Il n'y a pas de contre-indication, c'est sûr, Lou...

Ils quittèrent le Red Kat au début de la soirée. Les quartiers comme ceux-ci ne payaient pas de mine. Série de grands édifices fatigués donnant sur des boulevards dont les faibles lumières éclairaient des allées d'arbres rachitiques qu'on avait plantés pour remplacer tous ceux qui étaient morts ces dernières années. Comme partout ailleurs, de gros trous au milieu des rues qu'il faillait contourner. Un quartier de fauchés et d'artistes loin des méga-écrans aux publicités explosives. Quand le père de Frank était jeune, il parlait souvent de la pauvre Pologne qui n'avait pas de services publics pour ramasser les ordures et boucher les trous dans les rues. Il n'avait pas fallu attendre les grandes catastrophes climatiques, les sécheresses et les inondations pour que le « Pauvre Canada » de Fatima prenne tout son sens. Tout comme le reste de la planète, le quartier filait un mauvais coton et les changements soudains du climat inquiétaient. Nul n'était dorénavant à l'abri. Uniformisation de la pauvreté et de la pollution. La planète pourrissait d'un côté et se desséchait de l'autre, mais plus personne ne cherchait à savoir comment on en était arrivé là. Alors, on discutait plutôt catastrophes climatiques dans l'attente de la prochaine, en espérant qu'elle se produise le plus loin possible de chez soi. Les cartes satellites météo présentaient en permanence les changements du temps sur tous les écrans, chacun y allant de ses prédictions pour les deux ou trois heures à venir. Mais personne n'y arrivait vraiment, même pas les spécialistes, et les vieux édifices s'effondraient sous l'impact de tempêtes de plus en plus violentes. L'air humide et instable provoquait de microcellules orageuses impossibles à prévoir. Un courant d'air chaud ascendant rencontrant une masse d'air froid et c'était le coup de foudre. Passions célestes qui engendraient parfois ces minisupercellules noires et puissantes, que tous redoutaient tant. Capable de raser un champ ou un quartier en quelques secondes lorsqu'elles touchaient le sol. On apprenait aux plus jeunes à reconnaître ces formations nuageuses afin qu'ils aient le temps de se mettre à l'abri. Ailleurs, c'était parfois un ouragan qui éliminait de la carte du monde une population entière qui avait eu le malheur de voir ses ancêtres s'installer trop près de la côte.

Frank rentra chez lui. Le *band* jouait un peu plus tard dans la soirée. Il taponna ses instruments pendant près de deux heures, doucement, puis s'arrêta pour s'étendre sur le divan mythique. Il avait passé des heures délicieuses sur ce divan à dénuder des corps magnifiques, moyens, obèses, et c'était loin d'être les plus parfaits qui l'avaient expédié au nirvana. Frank pensa à Lou. Irremplaçable. Il allait survivre à sa dernière histoire d'amour. S'il continuait comme cela, pourtant, il ne vivrait pas vieux. Pourquoi avait-il toujours besoin d'avoir la tête obsédée, semblable à des milliers d'autres, possédé par ce besoin d'une potentielle rencontre de partenaires? Sacré Lou, incapable de vivre quelque temps seul avec lui-même, au plus grand plaisir des producteurs de cyberrencontres et autres conneries-conseils sur la façon de trouver l'âme sœur. Frank se rappela soudain le site perso-porno de la jeune comtesse de Ségur hardcore, la fille d'une autre époque. Sans perdre un instant, il activa l'écran géant du salon et fouilla dans ses poches pour trouver les codes de Lou. Depuis qu'ils avaient refait les règles de navigation, les transcorporations contrôlant les outils de recherche avaient fait fortune. Un, nous avions besoin d'eux pour entrer en contact avec le monde. Deux, ils en profitaient pour nous vendre ce dont nous avions besoin. Vous voulez de l'argon en tube ? Justement nous avons la marque média maison pour vous, celle dont s'aspergent les navigateurs de demain. On trouvait plus facilement ce qu'on cherchait, c'est vrai, mais le prix à payer était celui de voir sa vie privée prise en charge par tant de gens qui veulent votre bien. Heureusement, Lou savait pirater les codes, ce qui rendait plus facile ce genre d'exploration. Où était ce foutu papier ? Voilà. « Jujube fondant dans ta bouche. » C'est vrai que c'est un peu con.

Cette volonté d'être le centre du monde – moi, moi, regardez-moi –, ce besoin d'immortalité dans un monde en décomposition, d'être vu pour exister, était devenu le moteur de la pensée universelle. Triste dérive. Surtout de se cacher derrière un site perso pour croire qu'on existe. Frank avait mis quelques minutes à trouver le site, assailli par les publicités lui proposant un billion de produits gratuits sans engagement de sa part. Habitué et attentif, il se faufila à travers les mailles du filet en évitant les pièges, pas tout à fait sûr d'avoir réussi à ne pas laisser son empreinte à quelques transcorporations affamées. En découvrant « Jujube fondant dans ta bouche », Frank eut un sourire. Lou avait raison de vanter les mérites de son cul et il comprit l'allusion à la vieille comtesse en la voyant étendue nue dans l'espace, bottes rouges lacées, crayon à la main, petite bouche charnue faisant la moue, ses grandes boucles d'oreilles roses encadrant son visage. De beaux grands yeux et une attitude fière. Ses lobes n'étaient sûrement pas percés, car elle devait avoir tout au plus vingt ou vingt-deux ans. Depuis une quinzaine d'années, plus personne n'avait le droit de percer la peau, barrière naturelle de protection contre les néovirus qui se multipliaient et ne pardonnaient pas si vous aviez oublié de prendre votre cocktail de médicaments anti-bactéroviraux. Les oreilles étaient donc pincées et le reste du corps semblait se délecter de cette caresse.

Il visionna le profil. Site personnel et gratuit. Jujube se caressait en lisant les poèmes de ses correspondants. Elle présidait aux rêveries érotiques de ses fans, dictant leurs jeux amoureux qui étaient par la suite diffusés en hologrammes sur son site. Façon originale pour les couples et les copains de présenter à l'univers leurs corps traversés de plaisir. Un site intime donc et probablement très peu fréquenté. Pour ceux qui préféraient vraiment s'exhiber, il y avait toujours quelqu'un pour vous aider à faire reconnaître votre ego sexuel et remplir l'espace média d'une façade d'édifice. Un site pudique, donc, à des années-lumière de tous ces sites qui vous proposaient de tristes orgies de débauche.

À midi au parc
Tu caresses devant moi ta culotte blanche
À quatre pattes, je la déchire de mes dents
L'écorce moule tes fesses
Ta sève envahit ma bouche, je dévore ton sexe

Les passantes t'envient
Tu m'enivres

Il le lut le plus tendrement possible et pesa sur SEND. Ça lui était venu comme ça, un parc convenant parfaitement à ce petit animal... ta culotte blanche, ça faisait vieillot... L'empreinte de l'écorce, exotique. Frank sut derechef que non seulement Lou était un ami, mais aussi un tendre. Les grands yeux de biche de «Jujube fondant dans ta bouche» s'ouvraient et se refermaient pour lui, pour lui seul. Il était déjà amoureux, faisant un Lou de lui. «Ça va mal», se dit-il en espérant la réponse de Jujube.

CHAPITRE 4
LA VIE DE JUILLET EST DOUCE AVEC LOL

La vie était douce avec Lol. Tous les projets que mon esprit ridicule pouvait faire naître, tous ces projets semblaient maintenant possibles. Et en plus, quand j'en faisais part à Lol, ils étaient accueillis par de petits « Oui, oui, oui » aigus, comme si le sort du monde en dépendait. Voilà un mois que je l'avais recueillie, après notre rencontre dans le Solbus. Enfermées dans le studio, à l'abri des intempéries, le temps s'écoulait doucement. Déjà les jours s'allongeaient et les rayons du soleil, entre deux microcellules orageuses, étaient de plus en plus forts. Nous pourrions bientôt penser à abandonner nos chaudes combinaisons pour enfiler quelque chose de plus léger.

En moins de deux, mon petit chaton s'était adapté à la vie du studio. D'observatrice lors des premiers tournages, elle passa rapidement au statut de camérawoman. Nous discutions tard dans la nuit des jeux à bâtir pour nos vieux cons pleins de fric, et le fric entrait à pleines poches. Les caresses soudaient nos âmes et, protégée du monde par mes bons soins, ma petite amie, mon bébé, s'épanouissait. Elle prenait du mieux, même si des excès de tristesse la saisissaient parfois. Lol disparaissait alors pour quelques heures, parfois toute la journée, mais finissait par revenir, l'œil un peu rouge. Inutile d'essayer de la consoler, ce monde m'était pour l'instant interdit. Elle venait se réfugier entre mes seins et celui qui aurait voulu la blesser aurait alors passé un bien mauvais quart d'heure.

Nous avions compris que la réalité dépassait la fiction et que les sites les plus pervers n'arrivaient pas à la cheville de ce que j'avais mis sur pied avec mes copains. Même pas besoin d'exagérer sur les costumes puisqu'ils nous préféraient évidemment à poil, mais nous jouions nos saynètes dans un décor très épuré. Un environnement programmé de réalité augmentée nous offrait les décors souhaités, selon les besoins. Des vulves géantes, des centaures, des sirènes, des nichons dansant le french cancan… On déconnait, tout était absurde et la plupart des objets, sauf les jouets sexuels, bien sûr, étaient simulés. Quoique… Lol avait inventé cette histoire de vibrateurs géants qui faisaient du transport assisté pour petites vieilles libidineuses.

On buvait du thé dans des tasses absentes en lisant des livres imaginaires. Aucun de nos gros salauds ne s'en était jamais plaint, tout au contraire. Je crois que cela participait à créer une tension érotique. Je dis nos «gros salauds», et c'est bien ce qu'ils étaient pour aimer se faire baiser par des écolières et leurs toutous. Mais certains devenaient des habitués, presque des amis.

Comme je le disais plus tôt, jouir devant quelqu'un, ça crée des liens. Et puis certains avaient de belles voix et, en tout cas, étaient gentils. Josh était un de ceux-là. Je ne sais pas où il prenait son fric, mais il en crachait tout un morceau. Il payait même les accessoires, les combinaisons et les jouets, jusqu'au champagne qu'il nous faisait boire, c'est vrai, il faut bien le souligner, à la paille, nos sexes pour tout verre. Mais du champagne! Personne n'en avait jamais bu dans le groupe puisque nous étions très jeunes et n'avions jamais eu la chance d'en avoir sous la main. D'abord, parce que le prix en était exorbitant, et puis nous aurions vraiment eu de la difficulté à en trouver. Autrefois, lors de naissances dans les familles les plus riches, on faisait sauter les bouchons, vieille expression qui ne veut plus rien dire. C'était la tradition. Mais plus personne n'avait d'enfant désormais. On n'a jamais compris pourquoi d'ailleurs. Les explications étaient nombreuses, divergentes, et chaque groupe voulait faire entendre raison aux autres. Chacun, encore une fois, tirait sur la couverture pour présenter les faits à son avantage, prenait

plaisir à tirer à boulets rouges sur les gens qu'il mépri-
sait parce qu'ils ne partageaient pas son avis. C'était
aussi idiot que ça. Ils appelaient ça avoir une opinion.
Plus simple, plus facile que d'avoir des idées et ça faisait des coupures franches entre les camps. Pas subtil,
mais efficace. Les pleins, les écolos, les cathos, les extrémistes, les papas, les gros salauds… les petites salopes.
Oups! Ça, c'est nous! Bref, inutile de chercher à comprendre les causes de ce phénomène. Et d'abord, où
chercher? Les contenus des banques d'information, les
encyclopédies des savoirs possibles et impossibles dé-
fendaient le point de vue de leur propriétaire. On
consommait ce qu'on nous offrait dans ce domaine
comme dans tous les autres. Alors, de là à trouver qui
avait rendu l'espèce humaine quasi infertile… Les am-
phibiens avaient été les premiers à disparaître, puis les
chauves-souris, les abeilles et des centaines d'espèces
d'oiseaux… Bousiller la chaîne alimentaire n'avait
sûrement rien aidé. Peut-être un réflexe de survie, du
genre: finissons-en au plus tôt. Ce qui n'est pas trop
bête: le troisième credo de la bible écolo étant de ne
pas procréer tant que ce monde ne se serait pas sorti
de la merde, pour ne pas produire de nouveaux
consommateurs. S'attaquer au problème à la base…
Mais toutes, nous espérions un jour mettre un enfant
au monde. La rareté crée la demande. C'est con, non?

Au moins, nos activités rapportaient à l'organisation, et nous l'aimions, cette organisation. Nous étions
dans l'action et pas obligées de travailler pour payer

l'essentiel. Pas de dogme, pas de règles. La moitié des revenus pour nous, l'autre pour la planète. Rapidement, nous en sommes venues à créer quelques petits chefs-d'œuvre, et je pensais même expédier quelques-unes de nos meilleures captations à l'*Essential Porn and Spiritual Ovo Fest*. Pas pour le fric, mais l'idée de renouveler notre équipement amateur avec de l'équipement pro, ça nous rendait folles juste d'y penser…

Bref, après son expérience à la caméra et à imaginer des scénarios à partir de ce que les clients nous envoyaient, Lol n'en pouvait plus. Elle passa un moment à bouffer Mik, qui s'occupait du son et des éclairages, puis commença à demander des petits rôles. Pauvre Mik, bras tendus pour tenir la perche, la combinaison ouverte, avec Lol à genoux devant lui, tentant de lui arracher une bonne portion de protéines à grands coups de tête. Et nous d'attendre qu'elle y arrive, en observant leur jeu. Nous n'avions pas à attendre longtemps pour reprendre les scènes. Je ne sais pas où Lol avait appris ça, mais elle me rendait presque jalouse. Une nature, lèvres et langue habiles, une pompeuse de première. Mais il y avait plus que ça, un petit je-ne-sais-quoi qui faisait qu'elle les prenait comme si la fin du monde était imminente et qu'elle voulait à tout prix voir jouir ce qui se trouvait au bout du tube. Peut-être sa façon de leur caresser les fesses et de ramener leur bassin vers elle. Pas d'excès, non, juste un désir émouvant qui faisait exploser les plus coriaces, si c'est le bon mot.

On diffusait deux à trois fois par mois, avec un petit envoi entre deux apparitions, pour satisfaire un membre impatient et faire un peu de pub. Déjà ça, c'était un peu différent dans un monde où plus tu avais de l'argent, plus tes désirs étaient assouvis rapidement. Cette drogue forte – la « je le veux maintenant » – avait produit des êtres exécrables, qui ne jugeaient les gens que par leur capacité à réaliser dans l'instant ce qu'ils demandaient. Ceux qui avaient le pouvoir d'exiger et ceux qui, étrange cour, donnaient suite à leurs désirs les plus fous. Une violence inouïe, toute en sourires et en hypocrisie. Alors, imaginez un site qui donnait rendez-vous à ces gens sur une base quasi mensuelle. Aussi bien dire une éternité. Achetez maintenant et baisez plus tard! Entre-temps on enregistrait le fantasme, on proposait le scénario et on redevenait des êtres sexuellement relativement normaux, enfin, on recherchait l'intimité plus que la partouze. Ça faisait un drôle d'effet aux gens qui se joignaient à nous, surtout les couples. Je les repérais aux réunions de financement du groupe et comme c'était pour la cause, c'était plus facile de les convaincre. Les filles ont de la facilité à tout partager, sauf un homme. C'est dans notre nature. Alors, imaginez quand la copine découvrait que ma combine pour financer l'organisation consistait à baiser avec son copain! Bah, on se prenait un tas de fric, et tous y trouvaient leur compte. Il y avait longtemps que le militantisme ne reposait plus sur le don total de chacun à la cause, vieux concept absurde, romantique et sans efficacité à moyen terme. NOUS : inconnus, bien portants, jeunes et souriants. Une chaîne implacable de militantes et militants dévoués et heureux. La terre se tordait de douleur et on lui tenait la main. On lui caressait les cheveux doucement, pour la consoler, en jurant de la venger. Comment ? C'est là que les opinions divergeaient. Dans tous les cas, ça prenait de l'argent et ça, c'était ma petite contribution.

Les idées ne manquaient pas pour mon nouveau site de cybersexe, mais il m'avait fallu de l'aide pour tout mettre en branle. Le grand Raoul, que j'avais par miracle croisé deux fois aux réunions, se montra très réceptif aux solutions que je voulais mettre de l'avant. Grand chétif perdu dans sa combinaison, petite barbiche, il ressemblait à un Don Quichotte adolescent. Pour lui, pas de tatouage, pas de piercing sur la combinaison. Une simple couleur lime phosphorescente, dans un effort pour échapper aux modes, alors que dans une foule de mille personnes on ne voyait que ce grand fouet. Un beau sourire. J'avais pris soin de programmer ma combinaison en mode « invitation » avant d'aller lui parler. J'aperçus un beau début d'érection à travers la sienne au moment où je me dirigeais vers lui, très heureuse de cette réponse à mon approche coquine. Je ne savais pas encore que c'était presque un état permanent dans son cas. On aime bien, c'est fou, s'envoyer des fleurs à propos de ses talents de séductrice.

— Salut.

— Salut. Moi, c'est Raoul, comme le loup !

— Moi, c'est Juillet. Aussi bien se dire bonjour avant de se perdre de vue.

— C'est vrai, on s'est déjà vus, c'est rare !

— Synchronicité.

— Ouais.

— Ouais…

Raoul était de l'ouest de la ville. Pas les quartiers riches, on s'en serait douté juste par le choix de sa combinaison, mais bien de la partie située près des murailles, où on ne s'aventurait pas seul la nuit. Il m'apprit qu'il était « patenteux ». Quand je lui ai demandé de quoi il s'agissait, il m'a répondu que les patenteux étaient les héritiers directs des alchimistes, sauf qu'ils ne s'acharnaient plus à transformer le plomb en or – bien qu'il aurait sûrement pu y arriver en y mettant le temps, disait-il – mais cherchaient plutôt à transformer les objets pour leur offrir une nouvelle existence. Faire naître un peu de beauté là où on s'y attendait le moins. Inutile et jouissif. Raoul cueillait dans les ruelles, dans les poubelles, les objets qu'il assemblait pour en faire des montages joyeux et délirants. Il les déposait ensuite dans les endroits les plus saugrenus de la ville, dans les parcs, bien sûr, mais aussi dans les grandes surfaces commerciales, les centres funéraires, les soupes populaires, les endroits les plus moches pour offrir autre chose à voir et à sentir que la morosité ambiante. Un esthéticien pour déchets. Il me plut immédiatement.

Évidemment, Raoul, même s'il me plaisait, n'était pas nécessairement le type même du fantasme contemporain. Même avec sa petite barbiche clairsemée, il n'avait plus rien du jeune dieu impubère qui faisait rage partout, sur tous les panneaux publicitaires, sur tous les écrans, dans tous les esprits, source de désir intarissable. De toute façon, la clientèle visée était davantage – je dis bien davantage, car en matière de sexe, où trouve-t-on des limites aujourd'hui? – composée de femmes et d'hommes amateurs de jeune chair. Tout en laissant les plus jeunes, de plus en plus rares, en dehors de ça, malgré la demande des vieux débiles. Là où le choix de Raoul s'était montré un coup de bol énorme, outre le fait qu'il fût un amant attentionné, c'est qu'il était justement un «patenteux». J'avais beau avoir des idées d'archéologie du désir, de vouloir dénouer les nœuds érotiques que la vie leur avait noués dans la gorge, il fallait trouver le truc pour connecter tous les fantasmes de ce beau monde.

La veille cybernétique, à part la beauté du mot, ce n'était pas mon rayon. Je faisais bien mes algorithmes de programmation, mais pas plus. Je voulais faire du fantasme sur mesure. C'est bien, mais un fantasme, ça demande de l'organisation. Sinon, ce serait à la portée de tous et ce n'en serait plus un, voilà. Quand j'ai compris cela, j'ai trouvé mon idée d'archéologie du plaisir plus forte, plus intéressante. Modifiez le cours de votre vie sexuelle! Vous n'avez pas osé glisser votre main dans son corsage? Il est encore temps! Deux copains n'ont pas assez de couilles pour abuser de vous en fin de soirée, reprenez-vous! À bas les échecs. Savourez une sexualité saine et débridée en compagnie de votre imaginaire et de nos jeunes corps dévoués. C'était un peu gros au tout début, mais ça ne laissa pas froids les vrais amateurs, qui y reconnaissaient la mise en scène de la débauche, du fantasme. Les voyeurs, ceux pour qui jouir demandait une distance avec les corps désirés, en avaient également pour leur argent. Mais pour une fois, le voyeur pouvait sentir avec tous ses sens, tout son corps. Votre imaginaire érotique en action, maintenant.

Raoul sut mettre au point, à partir des éléments les plus *trash* du cybersexe qu'on nous expédiait gratuitement, la quincaillerie de base du nirvana. Rien de sophistiqué et tout le monde en avait un kit à la maison, même les cathos, sauf qu'eux jouaient entre eux. Lunette caméra, phallus et dildos réactifs, pulvérisateur de silicone pour le reste du corps. Pas très compliqué mais, pour la première fois, le signal envoyé au corps de l'observateur n'était pas simulé pour reproduire une pénétration, un cunnilingus ou une fellation. C'étaient les vraies sensations senties par Lol, Raoul, moi ou un de nos copains/copines du mois en train de baiser qui étaient envoyés directement à votre système nerveux. Le plaisir était quadruple: sentir les caresses, voir les corps jouir, sentir les corps jouir et jouir. Sensations transférées telles quelles. Les lèvres gourmandes de celle-ci sur le gland excité de l'autre, ce doigt fouineur entre mes fesses offertes, sa bouche chaude en train de la brouter, nos langues humides sur ses seins sensibles, sa bouche avide au creux de mes reins heureux. Un résultat maladroit au début, mais quelle décharge érotique : vos scénarios et de jeunes couples vous donnant du plaisir en se donnant du plaisir, en direct. Du vrai, pas du bidon, en vente seulement sur mon nouveau site : **V.I.E. – Votre Imaginaire Érotique**. Jouissance assurée.

Nous avons eu des débuts lents, mais rapidement nous avons su nous adapter aux besoins de la clientèle. Au départ Lol, Raoul et moi cherchions des couples exhibitionnistes intéressés à faire du cash. Plus personne qui avait une tête sur les épaules et un p'tit cul ne se faisait chier à travailler pour ces vieux cons de petits gérants qui vous le tâtaient derrière les comptoirs. C'était pathétique, j'en chialais juste à y penser tellement j'aurais aimé les sortir de là et les amener à s'amuser avec nous. Et même si elle n'avait pas un p'tit cul, j'ai rapidement compris que tant que tu es jeune, la chair est bonne à mettre en marché. J'ai pourtant connu des filles encore très belles à trente ans. Pour les gars, c'est pas pareil. À trente ans, ils deviennent des hommes, ils ne sont plus minces, c'est plus carré, plus fort. C'est parfois beau, mais la plupart du temps, la douce ligne des orteils à la pomme d'Adam sur un corps imberbe s'est perdue. C'est plus triste et le doigt ne rebondit plus quand on taquine les fesses. On les baise alors pour autre chose que notre désir difficile à retenir. Parfois pour leur douceur, leur cash, pour se réfugier ou parce qu'ils pensent davantage à notre plaisir qu'au leur.

À trois, quatre ou cinq, on arrivait à composer de belles histoires qui comblaient la majorité des souvenirs érotiques à faire revivre. Quoi qu'on en pense, on est tous semblables après tout. Les tendances sexuelles du moment avaient une influence directe sur les souvenirs érotiques proposés. Ça nous faisait rire, mais on comprenait que leur passé était souvent mis au goût du jour. De toute façon, on était prêts à toutes les mises en scène possibles et impossibles, même si on avait rapidement fait le tour des possibilités techniques. Voilà pourquoi il fallait y mettre un peu d'imagination, et ça, c'était mon domaine! On a beau faire une belle chaîne d'amour, boules thaïlandaises, gods, petits et gros, changer de place deux ou trois fois, lécher, attacher, pénétrer, le tout tenait réellement dans le scénario. Comme le son était en direct, je les entendais parfois siffler «oui, oui, encore, c'est ça…», et si ce n'était pas Lol qui s'énervait, je savais que je les avais embarqués et qu'ils allaient en avoir pour leur argent. Alors, je posais les questions sur ce qu'ils désiraient plus spécifiquement, sur ce qui devrait permettre de dénouer le nœud érotique qui leur serrait les couilles. Et les couilles, on en prenait soin, on les dorlotait, on les tripotait. Smack! Comme dit la pub.

Bref, ça fonctionnait. J'avais pris un temps d'arrêt avec mon site perso. Pas le choix, on ne peut pas tout faire. Ça me manquait d'actionner la caméra, de lire des textes et d'envoyer des hologrammes de moi ou de mes correspondants en plein délire érotique. Mais mon nouveau site **V.I.E. – Votre Imaginaire Érotique** exigeait de recevoir les demandes, répondre, écrire les scénarios, trouver les copains et les copines, trouver tous les jouets et accessoires nécessaires, coordonner tout le monde, répéter et baiser jour et nuit. On était à bout, mais heureux. Hélas, plus de temps pour vivre ! Alors Jujube… Et puis après un tournage, j'avais de la peine à marcher et à m'asseoir, encore plus à jouer avec mon corps !

Voilà pourquoi j'avais négligé l'envoi à ce mignon musicien qui, si c'était bien lui sur le signal qu'il m'avait fait parvenir, m'avait fait craquer. Hum, tout à fait mon goût, enfin pas trop trop beau mais sexy, longs bras, longues mains, lèvres pulpeuses, là et ailleurs à la fois, un regard brumeux qui vous transperce parce qu'il regarde vraiment au lieu de s'entendre parler. Et des mots doux et cochons, juste pour moi. Rien de préfabriqué, une graine d'anarchiste, mais tout doux. En fait, je me suis tellement caressée avec son poème que j'arrivais à peine à le relire. La semaine était terminée et j'allais m'occuper de lui. Si seulement c'était bien sa voix.

CHAPITRE 5
LOU ET LE BONHEUR,
FRANK RENCONTRE JUILLET

« Je n'ai pas le système nerveux assez solide pour m'offrir le luxe de ne pas baiser régulièrement. » C'était donc de cela qu'il s'agissait. Baiser pour exister. L'ego gonflé par la conquête, la douceur des caresses, un cerveau reptilien assouvi. La condition humaine en 2033. Ce qui était bien avec Lou, c'est que ces affirmations pouvaient être remplacées dès le lendemain par leur contraire. En ces temps de vérités absolues, Lou était un flot de paradoxes, une logorrhée justificative, un boute-en-train du désespoir qui ne faisait jamais de compromis sur la vérité du moment. Quitte à élaborer les systèmes les plus absurdes pour défendre ses idées. Ça en faisait un artiste original et un ami unique.

Lou se disait mal conçu pour le bonheur. Ça ne collait simplement pas. Autant il adorait la compagnie des amantes croisées sur son chemin, autant celles-ci creusaient, selon ses dires, sa tombe. Artiste sans passé ni avenir, il avait le loisir de partager le divan soit des femmes de son âge, soit de jeunes copines artistes ou modèles. En ayant un faible pour les femmes légèrement plus âgées. À vingt-six ans, Lou s'enfonçait dans des relations idéalisées, rêvant de maîtresses sublimes, refusant systématiquement tout ce qui s'offrait à lui. «Ça ne me ressemble pas assez, elle est trop différente», répétait-il de rupture en rupture, sans trop vraiment s'en rendre compte. Il était semblable à la majorité des jeunes adultes de sa génération qui, à l'ère de la copie et du corps parfait, cherchaient un double d'eux-mêmes. Non pas par vénération de leur ego, comme pouvait le laisser croire l'époque, mais davantage de peur d'être rejetés, que la différence profonde avec l'autre ne blesse. À force de défaites, ils avaient perdu foi en l'avenir. Les grandes transcorporations se délectaient de ce spleen généralisé et renchérissaient en offrant soit des relations instantanées, soit des promesses de relations éternelles. Une source de revenus inépuisable où la détresse garantissait l'abondance. Alors, à quoi bon tenter de faire le bonheur des gens? Lou aimait, oui, parfois, mais seulement si l'élan amoureux restait intact et n'entrouvrait pas la porte des peurs non avouées ou de l'ennui. Autant dire jamais.

Si l'appartement de Frank offrait peu de place au ravissement, celui de Lou relevait plus de la poubelle que du palace. Pourtant, aurait-il défendu, tout était en place, bien que le lit, situé au-dessus du lavabo, demandait des trésors d'imagination et de séduction pour y entraîner une nouvelle amante. Pourquoi se sentait-il si fatigué et las? Ils en avaient discuté cet après-midi, en prenant le ton compréhensif et chaleureux des discussions masculines qui concernent le cœur. Pourquoi cette absence de bonheur? Absence d'un rêve éculé? Lou n'avait pas manqué de faire remarquer en rigolant qu'un rêve enculé pouvait aussi avoir un beau sourire. On ne vit bien que rarement, ça, ils en convenaient tous les deux. Par petits bouts, que nous relançons dans l'avenir avec l'espoir de les rattraper un jour.

Sur l'écran au mur du Red Kat, un annonceur s'agitait au-dessus d'un bandeau rouge annonçant une alerte météo. Une île du Pacifique venait d'être engloutie et on était à la recherche des survivants. Frank et Lou étaient de retour dans leur repaire préféré, question d'enfiler quelques verres et de faire le point sur la vie.

— Non?

— Eh oui. Juste pour ça, merci. T'es vraiment mon ami.

— Pas une de ces réponses automatiques pour que tu tombes dans le piège à cons?

— Oh que non. C'était très sympathique. Elle veut davantage de poésie. Tu vois, elle s'y connaît en bonnes choses. Par contre, elle ne connaît pas notre *band*.

— Pas étonnant, Frank. Si elle trippe sur la littérature érotique, l'avant-garde artistique, ça doit pas être son fort. À des années-lumière de mon travail.

— Moins vieillotte que tu sembles le penser. Elle aime… le temps ! Pour le plaisir. Pas mal pour une fille qui doit avoir à peu près 20 ans, 21 ans max. Ça ne peut pas laisser indifférent un homme sensible.

— Va donc savoir ce qui ne te laisse pas indifférent, Frank, à part ta musique et Saskia.

— Arrête de me casser les couilles avec Saskia, c'est juste une amie.

— Que tu aimes bien baiser dans tes rêves…

— Il faut bien que le corps exulte ! Non, Jujube a un petit quelque chose, outre son petit cul, qui me fait du bien.

— C'est déjà ça. Qu'est-ce que tu comptes faire ?

— C'est déjà fait.

— Petit cachottier. Alors, vous baisez ensemble depuis dix ans et c'est maintenant que tu m'en parles ?

— J'ai toujours aimé ton sens de la modération, Lou.

Ils avaient pris le temps de laisser naître l'espoir d'une prochaine rencontre, plutôt que de se donner rendez-vous au tout premier échange. Une attention charmante, presque exotique, en ces temps de surconsommation instantanée. Messages parfois sensuels mais aussi anodins, juste pour le plaisir de se taquiner un peu et de se découvrir, pour l'anticipation d'une réponse. Un flirt sympathique au début qui se transforma peu à peu en la présence de Juillet dans les pensées de Frank. En était-il de même pour elle? Il en avait l'impression. Tout était si simple entre eux. Frank raconta à Lou comment ils avaient échangé plusieurs clips avant leurs premiers contacts en direct. Puis il lui proposa une rencontre, sans bien sûr espérer un instant que cela fonctionne. Il n'était pas du genre à se raconter des histoires, comme Lou pouvait le faire.

●●●

Frank était confortablement assis sur un vieux sofa au design suédois, attendant pour commander quelque chose à boire afin que Jujube, ou plutôt Juillet, car au cours de leurs échanges elle lui avait confié son vrai nom, que Juillet arrive. Il attendait pour commander afin de lui montrer qu'il possédait un peu de savoir-vivre. Ce non-empressement à consommer étonna Jimmy, le serveur, qui posa la main sur le front de Frank pour vérifier si ce dernier ne faisait pas de fièvre.

— Tout doux Jimmy, c'est pas l'temps.

Il consulta l'écran d'une tablette média qui traînait sur le table, celle d'un magazine politique underground, le *33*, allusion au 2 000ᵉ anniversaire de la mort du prophète catho. Après avoir parcouru les articles et les annonces portant sur les groupes et les instruments de musique, Frank se demanda s'il y avait de l'avenir pour lui dans la musique Trad. Malgré le plaisir qu'il avait à jouer et l'encouragement de leurs fans, il en avait ras le bol de l'indifférence des médias à l'égard de ce qu'il faisait. Depuis vingt ans, les critiques se pâmaient pour ces compositions tirées de l'enregistrement des éléments de la nature. Sans doute par culpabilité ou pour célébrer ce qu'ils voyaient disparaître à jamais. Le dernier hit consistait en l'enregistrement de la croissance des végétaux. Pas que Frank eût quelque chose contre ce genre d'expérimentation : lui-même se rappelait s'être promené pendant quelque temps avec un micro intégré à sa combinaison pour enregistrer des ambiances. Un musicien est avant tout un amateur d'univers sonores. Sans en avoir jamais parlé à Lou, il écoutait parfois, la plupart du temps ivre, l'enregistrement sonore de baises magiques avec différentes amantes. Mais de là à s'extasier devant les vibrations cyber-écolo d'un philodendron surexposé à l'azote et crier au génie… De quoi brailler. Pourquoi exclure le Trad, qui n'avait d'autres fonctions que de partager un peu d'humanité et de plonger dans le temps, d'ouvrir de nouveaux horizons en faisant tripper les gens ? La communication entre cétacés à l'agonie, il comprenait, mais la soi-disant avant-garde sans le Trad, sans ses racines, qu'est-ce que c'était ? Adieu l'humanité. Dans le fond, quand il observait la vie autour de lui, c'est un monde sensible au Trad qui aurait été surprenant.

Il n'était pourtant pas à la recherche d'un paradis perdu ou d'un monde meilleur qui aurait existé hier. Ce qui le faisait flipper dans le Trad, c'était avant tout la célébration de la joie d'être ensemble. Le moment où les gens dansaient et criaient, où il arrivait à faire sonner les instruments comme si le temps n'existait plus, comme si des lendemains de partage et de générosité allaient succéder à la débâcle de l'époque. Il jouait pour le plaisir de partager son plaisir et voilà pourquoi le Trad n'arrivait pas à susciter l'intérêt des transcorporations : le Trad ne cherchait pas à succéder à qui que ce soit et ne pouvait donc pas être à l'origine d'une nouvelle mode. Alors à quoi bon miser là-dessus pour faire du fric ?

Le *band* avait encore quelques contrats à venir, il n'avait pas de raisons de se plaindre. Mais Saskia ne resterait pas bien longtemps à moisir dans notre groupe sous-exposé, pensa-t-il. Si elle était là, c'était pour briller et séduire, ce qu'elle faisait admirablement bien. Compter sur elle et JF pour demain équivalait, à moyen terme, à renoncer à jouer. Cette pensée le déprima et Frank se dit que ce n'était réellement pas le bon moment. Tout ça lui permettait de comprendre Lou et sa dérive artistique. Il ne voulait pas en arriver là.

Il tomba ensuite sur un article relatant une entrevue avec un de ces jeunes débiles qui s'amusaient à faire sauter des bagnoles dans toute la ville. Le journaliste voulait en faire un héros, soulignant le caractère initiatique de cette « démarche », prétextant que dans la logorrhée médiatique actuelle, où le verbe s'était fait image et dominait la planète, seule l'action directe de ce genre permettait de promouvoir les idées. Un terrorisme écologique à courte vue, ici et maintenant, pour faire avancer la cause. Pas totalement idiot, mais l'article taisait le but ultime de cet engagement, celui des bombes humaines servant à décapiter les équipes de haute direction des grandes transcorporations. Enfin, selon ce qu'en disait Lou. Mais de ça, pas de trace, même dans les médias underground. Ce n'était peut-être qu'un mythe urbain de plus.

Le bar était vide en cet après-midi et il put ainsi apercevoir sa silhouette à travers la vitrine. Il se leva au moment où elle entra. Ce qu'elle était jolie, toute en simplicité. Juillet lui fit un petit signe de la main. Avait-il bien fait de lui donner rendez-vous dans un endroit qu'il connaissait si bien? Juillet et Frank n'eurent pas à se décrire la couleur de leurs cheveux ni celle de leur combinaison. Ils connaissaient pas mal les détails les plus intimes de leur anatomie et pourtant, ce fut une étonnante surprise quand ils se retrouvèrent en présence l'un de l'autre. Ce sourire intérieur auquel l'autre répond d'un regard tendre et amusé, ça ne trompe pas. Les plus cyniques, les plus introvertis savent aussi le reconnaître. C'était peut-être pour cela qu'en ces temps de surconsommation sexualisée où tout était vitesse, possession et séduction, il était devenu difficile de saisir ce passage obligé à tout échange amoureux, d'accueillir cette tendresse partagée l'espace d'un regard.

Il semblait plus fier que ce que Juillet avait perçu de lui. Plus mince aussi, ce qui n'était pas pour lui déplaire. Il avait belle allure, pas du tout avachi, ni écrasé par le poids de la défaite précoce, comme beaucoup de jeunes. Non. L'air un peu hagard, une grosse tête hirsute et franche qui donnait envie à Juillet de la caresser. Elle lui sembla à lui plus petite, plus enveloppée que sur son site. Sa combinaison vieux bleu azur était superbe, simplement couverte de poèmes brodés. Frank fut électrifié par la sensualité de ses lèvres, ce petit nez coquin et ce regard rieur. Elle était vraiment bandante et il se demanda ce qu'elle pouvait bien faire là, au Red Kat, à venir à sa rencontre. Lui, parmi des milliers et des milliers de représentants du sexe opposé rencontrés sur son site. Mystère, palpitations, excitation.

— Salut, Frank.

— Salut, Juillet.

Elle posa sa main sur son épaule pour l'embrasser sur la joue. Les premiers contacts, anodins, mais toujours vitaux. Il imagina ses petits seins sous sa combinaison.

— Alors, on s'intéresse à la politique ?

Juillet faisait référence au *33*, sur la table.

— Surtout à la section musique pour tout dire. Tu as trouvé l'endroit facilement ?

— Ouais. Pas mal du tout. Je ne viens pas souvent par ici. Tu habites dans le coin ?

— Oui, un des grands immeubles que tu as sûrement croisés en t'en venant. Tu sais, ces grands appartements qui ont été divisés pour en faire des studios.

— Ah oui… dit-elle distraitement en observant la bouche de Frank.

Premiers échanges, représentation, reconstruction et mise en scène de l'autre. En faisant attention de ne pas trop insister, Frank et Juillet cherchaient, dans un échange de regards furtifs, à valider leur première lecture. Arête du nez, couleur des yeux, fossette du menton, harmonie générale des traits. Mains, bouche, longueur des oreilles. Lèvres, lèvres, lèvres. Dents. Oui, ils se trouvaient attirants, tout autant que dans leurs rencontres sur de vieux écrans 3D.

— Tu es encore plus intéressant en personne, Frank.

— J'ai eu de la difficulté à te reconnaître tout habillée.

— Menteur… Et comment trouves-tu la version originale ?

— Il faut voir, dit-il en la taquinant.

— Tu m'as écrit quelque chose ?

— Oui, juste pour toi.

— Attends un peu, on commande quelque chose ?

— Oui, je t'attendais.

— Comme c'est mignon !

Ils discutèrent de tout, de rien, encore de tout et, ma foi, encore un peu plus de rien. Juillet lui raconta sa vie de fille de petits-bourgeois, ses études en géographie, son dégoût pour l'exploitation et la misère, quelle qu'elle soit, son désir de sauver la planète, ses rêves de chiens et d'enfants. Elle parlait beaucoup pour cacher sa gêne et l'effet que la présence de Frank provoquait dans tout le corps. Elle avait peur de se voir trahir par des plaques rouges dans son cou, sur ses joues. Frank lui raconta ses années de musique, ses héros, ses débuts dans la rue pour se faire connaître et tous les *bands* qu'il avait joints ou fondés – ce qui fit bien rire Juillet –, sa dévotion pour la musique Trad, l'incompréhension du milieu des *performers* contemporains.

— Tu sais, Juillet, quand l'énergie circule dans la foule et que des petits groupes se soulèvent comme autant de pics d'énergie, c'est vraiment une sensation fantastique. On ne forme qu'un avec ceux qui sont devant nous, une espèce de matrice, d'énergie vitale, qu'on rencontre trop rarement aujourd'hui.

— Oui, c'est plutôt rare. J'aime bien cette idée d'énergie vitale partagée.

— En tout cas, moi, j'y crois.

— Moi aussi…

— Ouais… c'est important.

Puis la discussion tomba. Ils avaient peur de se dire des banalités tellement ils se sentaient proches l'un de l'autre. Il est pourtant si facile de passer à côté de son bonheur. Après quelques échanges, ils étaient un peu sur leurs gardes, se demandant l'un et l'autre ce qu'ils faisaient là. Moments agréables, mais où la timidité vous coupe l'inspiration. Moments de doute. Et si c'était mieux de rentrer chez soi? Retrouver ma petite Lol, pensa Juillet. Tout allait pourtant bien jusque-là, mais trop timides, ils avaient peur de rompre le charme.

Plutôt que de lancer un commentaire moche du genre «il est pas mal ce bar», Juillet préféra se retirer aux toilettes. Pendant que Frank se demandait comment il allait relancer la discussion ou trouver une façon de l'inviter ailleurs, ou chez lui, Juillet enlevait sa camisole et pressa sur son avant-bras pour sélectionner le mode «séduction» de sa combinaison. Son décolleté s'ouvrit lentement, sa combinaison souligna un peu plus sa silhouette et, en passant à une texture semi-transparente, laissa apparaître la peau sur tout son corps. Ne pas se servir d'un truc aussi fiable pour arriver à ses fins aurait relevé de l'inconséquence à un moment aussi crucial. En même temps, cela permet d'évaluer votre homme. S'il ne lâche pas de l'œil votre poitrine et ne peut plus vous adresser un regard, ça en fera un amant empressé. S'il se referme et prend ses distances, homme peu sûr de lui au lit. S'il sourit comme Frank sourit à son retour, avec tendresse et désir, collez-vous contre lui, il sait sans doute rendre une femme heureuse.

Juillet vint s'asseoir tout contre Frank, au creux du divan.

— Alors, ce nouveau poème, tu me le lis?

CHAPITRE 6
JUILLET ET FRANK S'AIMENT

Nez à nez, on fermait les yeux tour à tour, heureux de retrouver l'autre quand on les rouvrait. C'étaient les vacances, une douceur sans fin, un abandon dans le miel, la crème, beaucoup de fluides, de salive, de petits becs lascifs et tendres. En deux jours, nous avons passé à travers le vieux Kamasutra, puis nous en avons écrit une nouvelle version. On ne voulait être nulle part ailleurs. Nos corps étaient des charges électriques où tout effleurement produisait des arcs de désir tétanisant nos épidermes, sources de caresses interminables. Ses cils sur mon cou, mes orteils sur ses fesses. La tête de Frank blottie entre mes omoplates, sa bouche au creux de mes reins. Si je n'avais vécu que pour ça, ça en aurait valu la peine.

Son appartement aux murs bruns était plutôt glauque, mais la lumière venait de l'intérieur. Un peu des fossettes des fesses de son occupant et beaucoup du lieu de création qui donnait à ce réduit des airs de studio d'enregistrement. Les instruments de musique, les consoles, les fils, les claviers et les ordinateurs vieillots faisaient oublier la tristesse du lieu. Un rayon de lumière, qui s'aventurait jusqu'au milieu de la pièce en début d'après-midi pour venir titiller nos corps nus et épuisés, donnait au lieu des airs de petit paradis. Frank faisait partie de ces artistes au bord de la réussite, mi-inconscients, mi-tourmentés, dont le monde tournait autour de la mise en marché de leur produit. Encore une fois, cette marge qui ne demandait qu'à être reconnue publiquement, tout en s'attaquant à cet univers sans lequel elle n'était rien. Navrant dans la plupart des cas, sauf que ce Frank-là, émouvant, appartenait aux purs, ceux de l'amitié et du partage. Alors, même si la conscience politique était à zéro, le fond était bon. Nous étions du même bord, sans qu'il le sache, d'autant plus qu'il était désormais impossible de glisser quoi que ce soit entre nos deux épidermes. Et puis, dans ce monde aux idées polarisées où tout était génial ou ridicule, la quête musicale de Frank apportait un vent de fraîcheur. Innocence et nuance. J'avais le goût de m'y abandonner. Ça me changeait des idées totalitaires et des nobles causes. Car les causes, c'est comme tout, il faut parfois s'en éloigner pour les apprécier davantage. S'il était plus âgé que moi, il me semblait que j'avais des années de vécu de plus que lui.

— À quoi tu penses?

Je l'avais abandonné à ses rêves et voilà qu'il me sortait des miens. Quel sourire! Ces lèvres charnues, cette bouche tendre et désirable. Deux billes noires profondes pour tout regard. Je me suis collée contre lui, embrassant son torse. Ma tête reposant sur sa poitrine, ma main caressant distraitement son ventre. Ayant bien balayé un petit bout de peau, je n'ai pas pu résister à l'envie d'y déposer un baiser. Et d'y donner un petit coup de langue pendant que ma main caressait et nettoyait un autre petit bout du ventre, un peu plus bas. Pour y déposer un baiser. Et un petit coup de langue. Après avoir nettoyé le nombril avec ma langue, il était évident que j'avais suscité quelques attentes. La tête sur son ventre, j'avais le plaisir d'assister au réveil de la bête, un petit lever de soleil juste pour moi. Au contact de mes doigts, sa queue sursauta et Frank entrouvrit légèrement les jambes. Plutôt que d'attaquer directement cette dégustation, j'ai préféré le caresser avec ma joue, pour bien sentir la chaleur de son sexe sur mon visage. Ce contact enflamma mon ventre et je me suis sentie fondre immédiatement. Je respirais son sexe, mon nez allant et venant de chaque côté de sa queue, bécotant ses couilles au passage tandis que ma main s'était glissée entre ses fesses. Frank me regardait les yeux mi-clos, un sourire béat accroché aux lèvres. Je me demandais bien s'il lui restait une goutte de sperme tellement nous avions joui depuis 48 heures. Pourtant, cette érection était aussi fraîche et décidée que la première, celle que j'avais habilement dégagée de sa combinaison sous le dôme qui protégeait les arbres.

> *Peut-être que je me mens à moi-même*
> *Quand ton absence me tente*
> *Et tu te mens à toi-même, quand*
> *ta main s'abandonne*
> *Et cherche tant*

Je lui avais demandé de me le lire, ce nouveau poème après m'être collée contre lui au bar. Ça ne ressemblait pas à ce qu'il m'avait déjà fait parvenir auparavant et j'avais de la difficulté à décoder le message. Absence, abandon? Peut-être vertige, m'avait-il répondu en souriant.

Tant j'aime caresser la pensée de toi

Ha, enfin, caresses… Je lui avais donné un petit baiser sur la joue. Puis nous avions quitté le Red Kat main dans la main pour aller nous promener au parc. Le dôme qui protège les arbres était ouvert en cette fin de journée. La lumière était encore belle et nous étions bien ensemble. La nervosité s'était envolée et nous, légers, un peu surexcités. À bâtons rompus, nous avions échangé les idées les plus absurdes.

— Nous irons sauver le dernier des lamantins !

— En organisant un grand rassemblement Trad !

— À la lumière des bougies…

— Nos corps brûlants pour toute énergie !

Frank connaissait déjà mon engagement à sauver la planète. Pas un engagement : un art de vivre, une vocation, un combat. Je l'avais mis au courant de mon nouveau site **V.I.E. – Votre Imaginaire Érotique**, où l'on recréait les situations érotiques du passé pour leur trouver une jolie fin. Il avait aimé. Il m'avait demandé mon avis sur les jeunes fous qui faisaient sauter des bagnoles. Je lui avais dit que, selon moi, ça faisait plus de mal que de bien au mouvement pour la Terre. Et c'est bien ce que je croyais. Si tout le monde se fendait le cul comme moi pour trouver des sources de financement, on avancerait pas mal plus vite. Bon.

Un arrêt contre un arbre encore en vie. Cette bouche. Un long baiser puis, par petits coups, activités exploratoires, caresses, nos langues sur nos lèvres. Frank tourné vers moi, ma tête entre ses mains. Un baiser. Pas de doute, nous étions compatibles. Le baiser ne vous trompe jamais, jamais. Non pas que tout est perdu quand le courant passe moins bien mais, quand chaque baiser célèbre les retrouvailles de deux amants qui se sont sûrement dévorés dans une autre vie, ça… Nous nous sommes réfugiés derrière une grande sculpture de pierre, un peu à l'écart. Une grande queue de baleine qui ressemblait en fait à une belle paire de fesses offertes. Idéal pour ce que j'avais en tête. Une envie folle de découvrir ce qui se trouvait à l'intérieur de cette combinaison. N'est-ce pas la meilleure façon de calmer un jeune mâle, de le rassurer ? Bien lové au creux de la sculpture, toujours debout, Frank se laissait caresser. Nos longs baisers avaient provoqué une solide érection et je n'eus aucune difficulté à lui faire prendre l'air. Je l'ai caressé dans le jour tombant, pendant que nous nous embrassions comme les nouveaux amants que nous étions depuis quelques instants. Ç'avait marché. Improbable coup de dés et nous voilà, ne pensant plus qu'à offrir du plaisir à l'autre. La main de Frank caressait mes seins. Un si beau spectacle et personne pour s'en délecter, quelle tristesse ! Je souris en le voyant jouir, heureuse d'avoir abandonné le virtuel pour la chaleur de son sexe dans ma main, avec la douce anticipation de son corps contre mes lèvres. Je pensais à Lol, ma petite maîtresse sensuelle. Est-ce que j'allais lui laisser goûter mon Frank ou le garder pour moi toute seule ? Lol et moi, c'était du pareil au même…

— Ouvre la bouche.

J'ai déposé un peu de sperme sur ses lèvres, puis en repris possession d'un coup de langue.

— Mes protéines…

●●●

Il m'avait entraînée chez lui après notre visite au parc, pour me faire découvrir son studio… et son lit. Depuis 48 heures, nos corps étaient mêlés et je m'étonnais de lui faire encore de l'effet. Mes cheveux glissaient le long de son sexe émouvant. Au moment où ses caresses me mettaient le feu aux entrailles, je me sentis tirée par deux bras puissants et décidés. Deux mains écartaient mes fesses. Comme pour bien des choses, il y a deux écoles : ceux qui sont pour et ceux qui sont contre. Je suis pour le 69. J'aime bien ce qui est Trad, dans le fond.

Nous nous étions réveillés au moment où les dernières lueurs du jour quittaient le studio. Ça faisait deux jours que nous nous buvions l'un l'autre. Il aimait la nature plus que moi. Disons qu'il éprouvait une fascination pour les espaces désertiques, même s'il savait que l'*Homo sapiens stupidensa avidis* était bel et bien responsable de la plupart de ces espaces arides. Le musicien en lui était envoûté par les silences qu'offraient ces espaces, là où l'ensemble de nos contemporains n'auraient jamais voulu mettre les pieds, de peur de devenir fous en l'absence des bruits de la ville. Le silence, disait-il, était la source de la musique, sa matrice. Il était curieux de tout et des enregistrements, du *data*, des archives, de vieux livres traînaient partout chez lui. On restait de longs moments collés l'un contre l'autre, silencieux, prenant plaisir à se regarder, à s'entendre respirer, à jouer avec nos doigts, nos pieds, nos narines.

— La bible écolo comprend trois engagements : consommer le moins possible, éviter toute exposition aux transcorporations et ne pas faire d'enfant tant que ce monde sera aussi pourri.

— Et les affiches de mes spectacles ?

— Ça dépend de ton producteur…

— Pas facile, la vie de militant… Autre chose ?

— Certains vont jusqu'à limiter les relations sexuelles aux relations anales afin d'affirmer la fin de la procréation. Un peu débile, mais c'est une vieille rengaine qui fait toujours du chemin dans la tête des militants.

— Ils interdisent la rencontre de nos sexes pour sauver la planète, ce n'est pas un peu con ?

— Ils ne s'interdisent rien, Frank. Ils choisissent et s'en donnent à cœur joie. Juste un interdit de plus pour former un club sélect. Assez bourgeois, finalement.

— Drôle d'idée.

— Toi, entre ta queue et ta bouche, laquelle choisirais-tu s'il y en avait une des deux à sacrifier pour la cause ?

— Ne plus voir mon petit bâton dans ta bouche me rendrait fou. Mais ne plus pouvoir déposer un petit baiser sur tes fesses, sur ton ventre… Ça me rendrait triste.

— C'est vrai qu'on pourrait nous attacher, l'un loin de l'autre, juste nos lèvres, nos deux langues capables de se toucher et on arriverait à se faire jouir. Moi, en tout cas.

— Moi aussi… Deux bouches perdues dans l'univers, dans un baiser interstellaire…

— Sucer la langue de mon petit Francouille pour l'éternité… Je signe où?

— Avec traînées de fluides jouissifs et éjaculatoires pour tout propulseur… C'est pas une pensée écolo, ça?

— Y a peut-être de l'espoir avec toi…

J'ai embrassé Frank tout doucement, en lui caressant la joue. Il fallait nous quitter bientôt. Ça nous rendait tristes, car nous savions tous les deux que la seule chose qui nous intéressait était de nous revoir et de nous jeter le plus vite possible dans les bras de l'autre. Frank devait aller rejoindre le reste du groupe pour préparer le spectacle du lendemain et moi, retourner au studio. J'avais déjà communiqué avec Lol pour lui faire part de la bonne progression du dossier Frank et j'étais sûre qu'elle mourait d'envie d'avoir tous les détails. J'avais hâte de tout lui raconter. Comme ça, je me sentirais moins loin de Frank.

— Mais Juillet, les kamikazes, ils existent vraiment?

— Il y a des têtes folles partout. Ceux-là sont rares. On n'en sait pas grand-chose.

— Est-ce que je pourrais, moi, me faire sauter? Je veux dire, est-ce qu'ils m'accepteraient?

— Ce sont des écolos extrémistes qui se prostituent, Frank. À 26 ans, tu commences à être un peu vieux pour ces pervers. Je crois qu'ils préfèrent la peau très, très tendre. T'as vu Alexia, le nouveau sex-symbol? Sans farce, il doit avoir 12 ans. L'objectif?

Qu'ils perdent tout repère, que leur instinct de préda-
teur prenne le dessus, qu'ils ne puissent plus vivre sans
leur petite copine ou nouveau copain. C'est là qu'ils
laissent tomber leur garde et que ces pauvres déments
arrivent à se les faire, enfin, à se faire sauter avec eux en
baisant. Tu vois, moi je me ferais sauter pour toi tellement je t'ai dans la peau en ce moment. Je blague, mais
c'est un peu vrai. Tu voudras bien me sauter encore?

Malgré la blague, j'avais envie de pleurer. La fati-
gue sans doute. Frank vit bien mon petit œil triste. Il
me prit dans ses bras et me serra très fort.

CHAPITRE 7
LOL ET RAOUL SONT
BIEN ENSEMBLE AU STUDIO

Une vieille âme. Lol était une vieille âme dans un corps de jeune fille. Une coquille de noix sur une mer d'émotion. L'amour des chauves-souris disparues, la peur des autres et, surtout, la peur du vide dans sa vie. Voilà ce qu'elle voyait dans les miroirs quand elle y jetait ces regards furtifs et répétés pour vérifier qu'elle existait bien. Une jeune femme moderne, trop vieille à bientôt 17 ans. Alors qu'on célébrait les 70 ans de Miss Galaxie sexy sur toutes les plates-formes, Lol cherchait à résoudre le mystère de ses angoisses. Sans en faire une maladie, juste assez pour rester en vie.

Lol aimait faire plaisir aux autres. Oui, à ses parents, à ses amies, à ses copains, aux amis de ses copains.

Jeune fille normale à l'esprit pragmatique, la raison lui permettait de mettre de l'ordre dans sa tête quand ses tempêtes intérieures la projetaient dans des univers sombres et angoissants. Elle adorait la géométrie, les démonstrations de logique et leurs défis, jeux vieillots qui la fascinaient et la rassuraient sur ses capacités à comprendre le monde. Très jeune, Lol aimait errer seule, jouer seule et se lever tôt pour pouvoir parfois assister au lever du soleil. Ces matins lumineux la faisaient se sentir bien. Harmonie avec la Terre, sa grande amie, en retrait de la compagnie des grands, des autres. Si elle avait connu ses parents, eux ne l'avaient pas connue. N'ayant rien fait de marquant ou de mal dans les premières années de sa vie, elle se demandait simplement pourquoi elle se sentait toujours étrangère en la compagnie des autres.

C'était le retour de Juillet au studio. Depuis un mois, Frank était entré dans sa vie. Depuis un mois déjà qu'elle cultivait en elle l'image de son petit Francouille. Ils apprenaient à se connaître et passaient la pluspart du temps ensemble, ne ratant pas une occasion de se réfugier dans le petit appartement de Frank pour de longues caresses. Mais il fallait préparer un nouveau tournage et Juillet réintégrait le studio et ses fonctions de chef d'orchestre. Le grand Raoul faisait rouler le studio sans problème pendant les absences de Juillet. Mais au moment de mettre la touche finale au scénario et de faire la distribution des rôles, la présence de Juillet était essentielle. La mise en scène des fantasmes demandait de l'imagination, de l'attention, une douce folie et Juillet y veillait. Puis il était temps de présenter Frank à ses amis.

Quand Lol vit entrer Frank et Juillet, main dans la main, elle eut un petit pincement au cœur, petit pincement qu'elle connaissait bien, entre la peur et l'espoir. Toujours présent quand il était question d'aimer. Alors que les autres faisaient de cet état d'excitation un tremplin vers l'amour, Lol, à ce signal, s'en détournait, bêtement. Oui, Frank était beau, mais Lol comprit au premier regard ce qui en lui avait fait craquer Juillet. Beau, à sa manière, mais surtout une belle tête pleine de vie et de bonté. On savait immédiatement qu'on pouvait lui faire confiance, ce qui était rare aujourd'hui. Une autre espèce en voie d'extinction. Cela se voyait dans ses yeux tendres et joyeux. Elles étaient rares les jeunes âmes qui n'étaient pas à la dérive, qui avaient su préserver leur capacité d'émerveillement quand, parfois, ils l'avaient déjà possédée. Ça, Lol ne l'avait jamais su. Avait-elle déjà eu cette aptitude au bonheur? Elle n'en gardait aucun souvenir. Mais pourquoi ce qui n'avait jamais existé laissait-il un si grand vide? Elle organisait sa vie pour ne pas y penser.

Juillet la regarda, cherchant du regard une expression sur le visage de sa copine. Elle appréhendait la rencontre, malgré les confidences, malgré les caresses toujours présentes. Allait-elle approuver, sourire, s'enfuir? Petit visage d'ange posé sur un beau corps tout en rondeur, tendre amie aux douces caresses. Petit destin tordu dans un monde de tordus. À douze ans, amoureuse d'un vieux con de 16 ans qui l'abandonnait aux caresses de ses copains. Elle resta là deux ans à quêter son regard, un geste de tendresse. Délaissée de tous, abandonnée de ses amies qui n'en pouvaient plus de la voir se faire exploiter, le vide s'était fait tranquillement autour d'elle. Lol cherchait un sens, un signe, qui ne venaient pas. Puis elle assista à son premier meeting écolo. Révélation soudaine, elle avait trouvé sa voie. Si elle ne pouvait s'occuper d'elle-même, ni susciter le désir ou être capable de garder un amoureux, elle allait sauver sa plus grande confidente, la Terre. Pendant un temps, les groupes écolos s'étaient succédé et elle alla même jusqu'à faire partie de ces milices écolo-fachos qui intimidaient Monsieur et Madame Tout-le-monde. Enfin, pas très longtemps, ce n'était pas vraiment elle, cette façon de bousculer les gens pour arriver à ses fins. Juillet ignorait bien des choses du passé de Lol et surtout ne demandait rien. Rien d'autre que sa présence et son bonheur. Elle savait que tout cela était très fragile, aussi faisait-elle semblant de ne rien attendre de Lol, ni de ne rien désirer pour elle. Que son corps assouvi et son âme abandonnée entre ses seins.

— Lol! Voilà, c'est Frank.

— Salut, Lol.

— Woooo, Juju, il est mignon...

— Pas mal. Un peu vieux, mais dans le noir ça ne paraît pas trop. (rires)

— J'ai entendu parler de vous, Monsieur...

— Moi de même, Madame. Les commentaires flatteurs de votre amie étaient bien en dessous de la réalité.

— Tu vas me le prêter, Juju? *Borro ma*?

— Si tu es tranquille... Et arrête de regarder son entrejambe! lui dit-elle en souriant. Fais-lui donc faire le tour du studio pendant que je vois ce que Raoul nous a concocté.

— *Shi, shi*! (rires)

Raoul tenait absolument à ce que Juillet vienne voir sa dernière trouvaille. Une source de revenus impérissable, encore plus que la sauce tomate Paul Newman, qui rapportait des tonnes de fric à la fondation que l'acteur avait créée. Juillet était heureuse de retrouver le studio après quelques jours d'absence. Il y faisait bon. Enfouie chez Frank depuis une semaine pour de longues caresses et des heures de discussions, elle avait, à la place du cerveau, l'odeur de la peau de Frank, sa voix, ses draps. Elle entra dans le studio proprement dit – le lieu des tournages – tandis que les rires aigus de Lol, provoqués par les répliques absurdes de Frank, résonnaient au fond de l'appartement. Saisir les moments de joie de ceux qu'on aime. Juillet en aurait peint les murs. Elle surprit son grand don Quichotte à barbichette, somnolant allongé de tout son long sur la banquette.

— Alors, Raoul, ma petite biche!

Raoul regarda Juillet, l'air un peu hagard. Elle ne l'avait jamais abordé ainsi. Décidément, sortir du studio lui faisait le plus grand bien. Il se demandait si cette relation allait changer quelque chose à la vie du studio. Est-ce que ce petit paradis pour mésadaptés comme Lol et lui allait connaître son déclin ?

Certains passaient leur vie à tenter de trouver cela. Maintenant, grâce à Juillet, il avait l'impression de vivre. Dans ce monde moche, son passage sur Terre avait pris un petit sens. Se battre pour la vie en mettant ses talents de « patenteux » au service de la cause écolo tout en s'amusant. Participer à changer le monde. Sans grandes idées, bien sûr, mais à sa façon. Il y croyait et Juillet aussi, ce qui soudait une amitié solide. C'est pourquoi il était heureux de la voir de retour. Et puis, ils étaient rares les endroits comme celui-ci où on rigolait joyeusement, oasis pour zigotos aux nerfs fragiles. Juillet enfin de retour. Il était bon d'entendre sa voix.

Juillet l'avait tiré de ses rêveries. Il s'était endormi en pensant à sa petite Lol. Raoul sentait chez elle un grand vide qui, paradoxalement, côtoyait un drôle de monde intérieur en ébullition. Un paradoxe sur deux pattes. Peut-être que tout cela allait ensemble. Difficile à saisir. Dès les premiers jours de son arrivée au studio, Raoul s'était épris de ce petit chou à la crème, allusion à ses courbes, à ce petit corps potelé et à cette chair toute blanche. Rarement avait-il rencontré autant de solitude dans une seule personne, ce qui la rendait encore plus attachante. Il pouvait bien comprendre pourquoi Juillet s'était entichée d'elle et qu'elles étaient désormais inséparables. Il s'était endormi en rêvant aux conversations qu'ils avaient parfois ensemble. Lol qu'il fallait rassurer, petit chou à la crème si appétissant…

— Raoul, tu crois vraiment que notre action va changer quelque chose?

— Tu vois, Lol, de là à savoir si ça participe à sauver le monde, je ne sais pas. Mais ça ne peut pas nuire. Je te dirai même qu'on en est à un point tournant et que c'est un peu grâce à nous.

— J'aimerais te croire. *O, shi.* Ça me ferait du bien de savoir qu'avant de disparaître un jour, j'aurai pu servir à quelque chose.

— Enfin, je crois. Tu sais, tous ceux qui nous ont mis dans cette merde étaient remplis de bonne volonté eux aussi. Juste un peu trop cons, incapables de se rendre compte qu'une grande partie de leurs désirs ne dépendaient pas d'eux.

— Comme programmés?

— Bah, c'est une image, Lol. Mais quand tu prétends tenir un peu à ceux que t'aimes, à tes amis, à la nature et que tu laisses la Terre se faire massacrer comme ils l'ont fait, alors que tous les signes étaient là, c'est que ta vie est dangereusement à la dérive. Repliés sur leurs petits rêves préfabriqués, ils ont laissé faire, comme dans la plupart des grands massacres de l'Humanité. Par lâcheté, par indifférence, par complicité. Trop humain, peut-être. Qui sait ça, Lol? Nous, on agit, c'est déjà à cent mille années-lumière de ces superbes innocents supérieurs.

Lol voulait croire à tout ça et l'entendre lui faisait un bien immense. En fait, cette détermination était presque existentielle, tout son univers prenant un sens dans cette quête. Bien qu'elle n'ait pas rejoint le groupe par les canaux de recrutement habituels, ça n'en faisait pas moins une militante dévouée. Raoul soupçonnait Lol de leur cacher des pans de ce qu'elle avait été avant d'atterrir ici. Il saisissait mal cette petite boule de tendresse pourtant bien innocente. Elle était pour lui un mystère et sans la tendre complicité avec Juillet, Raoul aurait pu croire qu'un groupe voulait les infiltrer. Non pas que Lol en fasse partie, mais elle aurait pu être manipulée par quelqu'un de l'extérieur. Cette zone d'ombre, il ne croyait pas que Juillet l'avait perçue, trop occupée entre la vie du studio, son site perso, son amour pour Lol et maintenant pour Frank. Il est vrai que nous avons tous nos petits mondes intérieurs et que nous ne tenons pas toujours à les partager avec le reste de la planète. Tout cela semblait juste un peu plus triste et complexe chez Lol.

— Toi, Raoul, tu faisais quoi avant d'être homme à tout faire pour notre site trash d'écoloporn underground?

— Faut pas généraliser, Lol. J'aime pas les cases toutes faites dans lesquelles on met les gens. Habituellement, ça rend plus service à ceux qui font les cases qu'à ceux qu'ils veulent mettre dedans.

— Raoul, je ne voulais pas t'énerver avec…

— Hé, Lol, c'est rien, juste un peu de rancœur qui me trotte dans ma tête. T'as rien à voir là-dedans, à part de me faire du bien. Tu sais, dans cette grande carcasse, il y a un cœur de poulet qui ne demande qu'à vivre! (rires)

— Pourquoi t'es seul, Raoul? Pas de petit copain ou de petite copine?

— Nope!

— Alors…

— Et toi?

— Bou…

— Il y a Juillet. Elle t'aime bien.

— Je suis trop jeune et trop grosse! *O bu shi* (O non)!

— Lol, tu cherches la fessée à dire des conneries semblables. Et tu sais que ça me ferait trop plaisir. (sourire)

— Je ne sais pas ce que je serais devenue sans Juillet. Heureusement qu'il y a des hasards dans la vie. Tu sais Raoul, c'est peut-être pour cela que tout s'écroule, par manque de Juillet dans le monde.

— Peut-être. Elle est unique, y a pas de doute. Et son nouveau copain, ça ne change pas trop de choses entre vous?

— On en parle tout le temps. Elle est folle, elle est bien. Qu'est-ce que tu veux de plus? Moi, elle m'en parle pendant des heures et, habituellement, ça l'excite tellement qu'elle me saute dessus pour me caresser jusqu'à ce que je n'en puisse plus. Elle m'a même fait porter une de ses combinaisons. Je flottais dedans, mais elle adorait l'entrouvrir et glisser ses mains à l'intérieur pour me saisir les fesses et m'embrasser le ventre, cherchant une trace de son Frank, l'odeur de son sexe.

Raoul commençait à sentir une petite chaleur dans sa nuque qui se traduisait par l'augmentation progressive du diamètre de son organe autrefois reproducteur. On a beau en faire un métier, une copine qui vous confie ses aventures érotiques avec une autre de vos copines, ça ne laisse pas son homme indifférent.

— Vous l'avez déjà fait à trois, sans les caméras?

— Non, pas encore. Ça serait chouette. J'aimerais bien voir comment Juillet s'y prend pour lui donner du plaisir. Et je suis sûre que je pourrais me rendre utile.

— J'en suis sûre, Lol. Ta réputation dépasse déjà les frontières de ce studio…

— De quoi parles-tu, *ling* (comédien)?

— Ta réputation de bouche habile, Lol. Tu rends même Juillet jalouse!

— Arrête de dire des conneries, Raoul!

— C'est vrai, Lol. Les filles sont jalouses.

— Bah… *shang xin* (tristesse)… j'ai fini par prendre la forme sans doute… La plupart du temps pour un sourire…

— Si on a un don, il faut l'exploiter, non?

— On parle d'autre chose, tu veux? Après sa première rencontre avec Frank, elle m'a demandé de la prendre par en arrière avec un de nos jouets. La tête enfouie dans un bout de ses vêtements. Et moi qui allais et venais, en essayant de faire viril, pendant qu'elle se caressait. Elle a jouiiii… Ça sert à ça, une amie, pas vrai?

— Arrête, Lol, je ne pourrai bientôt plus marcher…

— Elle est mignonne ta queue, tu sais, on te l'a déjà dit? Tu me la montres de plus près? If yu wang… Quand on a un talent, tu disais pas qu'il fallait l'exploiter…?

●●●

— Alors, Raoul, ma petite biche!

Juillet le réveilla. Endormi, il s'était laissé surprendre par cette douce rêverie érotique. Raoul souriait au moment où les images de Lol et de Juillet en pleins ébats revenaient à son esprit. Il aimait bien son esprit ingénieux, tendre et cochon.

— Raoul! Tu dors ou quoi?

— Je rêve à toi, Jujube.

— Ça, c'est gentil. Ça vaut un bisou.

— T'as bonne mine, petite déesse éprise. J'aime bien tes cheveux comme ça.

— T'as remarqué? J'aime bien ce rouge. Frank aime bien, j'aime bien, nous aimons bien… C'est un peu con mais on s'amuse. Il est avec Lol en ce moment.

Quand ils reviendront, je te le présenterai. Et toi, ça gaze?

— Tu le dis, ma petite... biche! Des idées, des idées...

— Alors cette merveille à imprimer du fric, c'est dans ta tête ou tu as déjà bizouné le prototype? C'est quoi au juste?

— Tellement simple, Juillet, que tu vas t'étonner de ne pas y avoir pensé avant, et même plus tôt...

— Si c'est un véhicule interstellaire propulsé par des fluides jouissifs et éjaculatoires, il est trop tard! Dis donc, tu bandes toujours comme ça quand tu fais la sieste?

●●●

Ils se préparaient à relancer le studio, Juillet veillant au confort de chacun. Elle distribua les rations de Nanostar, dernière version disponible du cocktail antibactéroviral, pour éviter d'attraper quoi que ce soit pendant le tournage. Douches stérilisantes, crèmes immunitaires et enduits de microlatex. Ils étaient prêts. Tout reprenait sa place et, même dans ce studio délirant, les petites habitudes étaient réconfortantes. Pas de nouveau dans l'équipe, ce qui facilitait la vie de tout le monde, ce petit univers provoquant parfois de vives réactions même chez les esprits les plus ouverts. Allez donc savoir pourquoi! Lol prit Raoul à part. Son visage rayonnait: «Raoul, j'ai rencontré quelqu'un!» Il était heureux de voir sa petite Lol succomber à la tendresse des rêves partagés. Mais pourquoi avait-il des doutes?

CHAPITRE 8
FRANK ET LOU DE RETOUR AU RED KAT BAR

— Tu vois, je n'ai pas besoin de la compagnie des femmes pour être heureux. C'est ce qui me rend irrésistible.

Frank sourit. Lou était vraiment en forme aujourd'hui. Ils se voyaient de moins en moins depuis qu'il fréquentait Juillet, qu'il regardait Juillet longuement et qu'il déposait de doux baisers sur les paupières de Juillet. Six mois de dérive amoureuse unique, laissant au loin les souvenirs érotiques préfabriqués des empreintes morphologiques et de leurs scénarios pré-établis. Mais ce soir, Frank et Lou célébraient le plaisir qu'ils avaient à être ensemble, à se retrouver au Red Kat.

— Lou, tu ne sais pas qui j'ai rencontré il y a deux jours à la fin du spectacle?

— Non… laisse-moi voir. Lol?

— Tu la trouves pas mal, la petite, non?

— J'suis pas aveugle, c'est tout. Sympathique.

— Lou, tu pourrais être son grand-père!

— Elle couche avec ta blonde!

— Raison de plus, c'est déjà assez compliqué comme ça. Pas désagréable, mais tout de même…

— Bah, c'est surtout pour le côté pratique, l'aspect logistique. On pourrait se voir tous les quatre. On n'aurait pas à se taper, chacun de son côté, des heures de conversations de filles du genre de ce qu'elles ressentent dans leur corps en ce moment, de l'endroit où elles ont trouvé leur dernière combinaison ou à quel quartier de la lune on doit refaire son body-dessin pour que les couleurs tiennent plus longtemps…

— T'exagères, Lou. Moi j'aime bien la compagnie de Juillet. Une fille curieuse, allumée. Avec le cœur à la bonne place. Je la trouve fascinante, bandante et surtout, pas emmerdante pour deux sous.

— C'est pas ce que je voulais dire… tu le sais.

— Bon, tu veux que je glisse un mot pour toi à Juju? Tu ne semblais pas lui déplaire, à la petite Lol. Mais je crois qu'elle s'est déjà fait un copain. C'est ce que Raoul semblait dire… Dommage. C'est vrai que ç'aurait pu être drôle, chacun avec sa blonde… mais tu ne sais toujours pas qui j'ai rencontré hier!

— Macaroni?

— Non, idiot!

Les deux éclatèrent de rire, ce vieux chien malhabile des premières années du virtuel leur rappelait leur enfance. Surtout que Macaroni devait être mort depuis une éternité et n'avait pas été revu depuis le double. Ils devaient bien être les deux seuls dans toute la ville à se rappeler de lui et aimaient à l'occasion le prendre à témoin: « Si Macaroni avait été là, ça se serait passé autrement. »

— Alors, c'est qui?

— Kami.

— Kami?

— Oui, Kami, la Miss Météo de Mouil TV, la grande rousse bandante.

— Eh ben, t'as de la suite dans les idées, toi…

— Non, Lou, elle était au spectacle hier et c'est elle qui m'a abordé. Ouf, quelle femme. Encore plus belle qu'à l'écran. Plus simple, plus naturelle.

— Alors, qu'est-ce qu'elle voulait?

— Juste me dire qu'elle avait aimé le spectacle et que si j'avais une copie de notre performance à lui refiler, elle se ferait un plaisir de la faire voir à des copains dans le milieu.

— Pas mal Frank… et puis?

— C'est tout. Elle m'a refilé son numéro…

— Aïe, aïe, aïe… Tu la rappelles quand?

— Je ne sais pas… Ça serait stupide de laisser tomber une occasion pareille…

— Mais tu as peur parce que tu la trouves bandante et que tu trouves que ce ne serait pas correct pour Juillet. C'est ça?

— C'est ça… Tout simple.

— T'es un bon gars, Frank. Un peu con, il faut le dire, mais je crois sincèrement que c'est un plus de t'avoir comme ami. Cependant, s'il te plaît, faudrait pas dépasser certaines limites. Les trois quarts des habitants de la planète crèvent de faim et demain n'est pas trop sûr. Alors les angoisses existentielles…

— Tu sais, moi, demain, c'est Juillet.

— Et c'est pour ça que t'as peur de ne pas pouvoir résister quand ta Kami va faire glisser sa combinaison devant toi afin, dira-t-elle, d'enfiler quelque chose de plus confortable…

— Bah, si je ne t'en parle pas, à qui vais-je en parler? C'est surtout de me retrouver chez Kami après une soirée bien arrosée et de me sentir attiré par elle. Tu vois, c'est l'idée de mettre en marche tout ça que je n'aime pas. Pour ne pas décevoir ma petite Juillet, pour pouvoir la regarder dans les yeux.

— Mais bordel, Frank, elle baise sa meilleure amie, ce qui me rend fou, et en plus elle opère un site porno où elle montre son cul et ses amygdales à toute la planète. Tu ne vas pas me faire un cas de conscience en plus. Là, je pense que tu me dois un verre.

— Et pourtant, elle tourne…

— Pas toujours dans ta tête. Moi, je n'ai qu'une certitude: chaque femme est nue sous sa combinaison.

Et cela me rassure. Allez, un dernier pour la route. Jimmy !

Ni lui ni Frank ne semblaient vouloir quitter le Red Kat, trop heureux de passer un peu de temps ensemble.

— Il n'y a plus de place pour la différence, Lou. C'est à cause de cela, du moins en partie, que ce monde a foutu le camp… Tout est échangeable dans ce monde. Tant que tu peux te l'acheter. Plus de pensée originale, plus de son original, du remix à la sauce du jour, des vedettes catapultées pour quelques mois… et au suivant !

— Peut-être, mais je crois surtout qu'il n'y a plus de place pour les idées nouvelles. Tout est de plus en plus noir ou blanc… Du fric, pas de fric, religieux ou décadent, écolo engagé ou non, à l'abri ou sur les routes. L'ère des clubs ultra-sélects, petits et grands.

Ils se lancèrent dans une discussion alambiquée, ainsi que le commandait le degré d'alcool qui coulait dans leurs veines, sur le sens de la vie dans ce monde à la dérive. À qui appartenaient leurs rêves, en quoi le fait d'aimer était la réalisation d'un désir personnel ou la résultante d'une machine à désirs bien huilée. Frank défendait la part de l'arbitraire en tout et donc notre libre arbitre à prendre la direction qu'on voulait dans ce monde de fous. Lou, par nature plus pessimiste, prétendait qu'on avait beau se faire des illusions sur nos petites pensées et nos petits désirs, le petit moi auquel nous tenions tant était bel et bien le fruit d'un formatage idéologique qui nous poussait tous dans le même sens : rêver pour consommer.

— Frank, tu n'as tout de même pas toujours cru que nous étions maîtres de nos pensées et de nos destinées ? On navigue entre son enfance et cette société de merde qui nous bouffe tout cru, avec notre consentement. Alors, ce n'est pas un regard neuf sur notre existence dont on a besoin, c'est un *waiter* universel qui va nous écouter et nous dire que ce n'est pas grave…

— Un monde dont on est exclu à la naissance, c'est pas un monde à la dérive, c'est un monde de bâtards, de bâtards alcooliques dans notre cas !

— Alcoolique, alcoolique… Parle pour toi. Moi, je bois pour célébrer. À nos amours, à l'art qui se meurt, à Mercedes qui m'aime.

Lou essaya de convaincre Frank de lui refiler le numéro de Kami, tandis que Frank tentait de secouer Lou et de le convaincre de proposer ses services aux boîtes d'images qui avaient toujours besoin d'un cybergraphiste de talent. Ils firent aussi quelques projets communs, la plupart volontairement irréalisables, ce qui leur permettait de se projeter ensemble encore plus longtemps dans l'avenir. Ils discutèrent de la vie qu'ils allaient mener le jour où cette société allait reconnaître leur talent et qu'ils rouleraient sur l'or, adulés de tous. Ils imaginèrent des foules entières en larmes au moment où l'on disperserait, luxe extrême, leurs cendres sur la Lune. Vint le moment des souvenirs, des spectacles qu'ils avaient vus, des lieux qu'ils avaient habités, des filles qu'ils avaient connues, des amours gagnées et perdues. Puis Lou se moqua des nouvelles aspirations écologiques de son ami.

— Alors Frank, c'est quand ta première manifestation écolo?

— Tu te fous de ma gueule? Des manifestations, il n'y en a pas eu suffisamment au moment où il le fallait et, en ce moment, c'est bien la dernière des choses qui pourrait changer quoi que ce soit.

— Ah bon...

— Par exemple... Les marais... ces *swamps* puantes qu'on s'est empressé de recouvrir de terre, ben y avait de la vie là-dedans. On a tout bousillé et les p'tites grenouilles et les ouaouarons... fini, y en a plus. Les moustiques s'en donnent à cœur joie, transportant leurs cochonneries de virus d'épiderme en épiderme. Maintenant il faut agir pour changer le cours des choses. Même si les solutions ne sont pas là et que tout semble foutu, il faut bouger pour changer le point de vue, pour donner aussi un sens à tout ça. Et le sens, aujourd'hui, c'est aussi rare que de l'eau potable sur la planète.

— Arrête avec tes belles formules à la con. Merde, on ne vit pas, on survit. Je te vois venir. Tu veux nous implanter une conscience pour qu'on soit heureux, c'est ça? Frank, pas encore quelqu'un qui tient à mon bonheur? Tu étais le premier à trouver toute cette frime pathétique. Tu veux prendre en charge l'avenir de l'humanité? Trouve-toi un filon très spécialisé parce que tu n'es pas le seul à vouloir ça aujourd'hui. J'allais dire «Regarde dehors», mais il n'y a même plus besoin de regarder dehors, ton écran s'allume quand on a quelque chose à t'imprimer dans le cerveau. Selon ton profil, bien sûr, pour ton bien, puisque tu en as toujours rêvé de ce bel écran intégré sans pouvoir te le payer. Et puis c'est si peu pour avoir un super écran 3D dernière génération gratuit, et ça fait bien dans les conversations, un écran dernière génération qui s'ouvre sur ton bonheur… Même quand tu n'en as rien à foutre. Alors, Frank, qu'est-ce que tu vas faire dans la galère du bonheur… À part me payer un autre verre. Un dernier, bien sûr…

— Si toi tu ne comprends pas ça, qui va le comprendre?

— Mais si, j'te comprends, j'veux juste pas glisser sur ce terrain-là. Et en plus, tu m'inquiètes. Mais je t'aime quand même, t'en fais pas.

— Allez Jimmy, on remet ça!

Lou pensa que cette Juillet était en train de changer son Frank. Cette conscience, cette quête de ce qui est bien ou mal n'avait jamais vraiment fait partie des préoccupations de son ami. Lui qui jadis se foutait du monde dans lequel il vivait, se concentrant sur sa musique et sur les contrats à venir, avait soudainement de grandes ambitions pathétiques comme celle de sauver le monde. Et surtout, quelle tristesse! s'imaginer pouvoir y parvenir.

— T'imagines, Lou, comment ils se la coulaient douce avant que tout ça dérape. Oui, ils aimaient la vie et ils en profitaient avec les moyens du bord, insouciants. Et plus ça allait mal, plus j'ai respecté ceux qui trouvaient les moyens de s'émerveiller de tout. Tu vois, j'ai du respect pour ceux qui savent faire la fête avec presque rien. Parfois, je crois que c'est l'injustice la plus profonde : ceux qui savent apprécier la vie et ceux qui en sont incapables. Le sens de l'émerveillement n'est pas donné à tous, Lou.

— On est quand même des enfoirés, occupés que nous sommes à soigner nos petits bobos d'artistes en manque de reconnaissance… Ça fait bien rigoler Mercedes…

— Bah, de toute façon, nous sommes tous coupables, c'est la seule vérité. On porte ça comme une tare, dans nos gènes. Il n'y a qu'à regarder dehors pour voir que l'homme aime bien tout détruire pour son plaisir. Lucide et destructeur.

— Tu vois, tout ça, selon moi bien sûr, n'a de sens que si tu as encore le droit de choisir. Je ne veux pas dire d'agir comme un innocent qui serait seul sur la planète, non, mais d'avoir le choix. Même celui de ne rien faire pour sauver la planète. À partir du droit de choisir, il peut y avoir une pensée originale qui émerge, un souffle, une voie à suivre capable de changer réellement le monde et son cours. Pas une série d'interdits à la con générés par une bande de militants en manque de pouvoir.

— T'as pas tout à fait tort, Lou. D'accord pour le choix, mais il y a tout de même eu cette limite qui a été dépassée. Tous ces gens ont cru que quelqu'un allait réagir, que quelqu'un d'autre allait faire quelque chose pour ne pas laisser tout pourrir... Bizarre, non? Cette espèce de foi en une pensée magique. Il faut dire que tout s'est accéléré à une vitesse folle... et nous avons été projetés dans l'horreur.

— Qui est maintenant notre réalité. C'était sûrement mieux avant, mais il devait y avoir aussi d'autres pépins.

— Mais pas une planète qui n'en a plus pour très longtemps avec des habitants stériles, Lou.

— Et ils ne buvaient pas de la piquette de synthèse fabriquée avec on ne sait quoi. T'imagines, les céréales servaient à faire de la bière... Le paradis!

— La bande-annonce était pourtant claire: d'abord, payer les coûts réels de production de la bouffe et arrêter de bousiller la nature; secundo, garder en vie les écosystèmes et arrêter d'épuiser la Terre; et troisièmement, trouver des sources d'énergie qui n'étouffent pas la planète. Sinon... C'était trop simple.

— T'as bien retenu ta leçon. Un petit sucre pour mon Frank.

— Idiot.

Ils eurent une petite pensée pour les populations qui se faisaient réveiller en pleine nuit par un glissement de terrain, pour ces vies balayées du revers de la main, où il fallait tout recommencer, repartir à zéro sur les routes, souvent avec le deuil de ceux qu'ils aimaient pour tout bagage. Comment pouvions-nous ne pas tirer de leçons du passé ? Est-ce que le mot civilisation était maudit ? Qu'est-ce que l'humanité demandait ? Un peu de place pour vivre en paix, un peu de douceur à partager et un travail décent. Ces hordes de réfugiés rejoignaient les précédentes, entassées aux limites des États qui n'avaient pas d'autre choix que de les accueillir dans de grands camps, de grands enclos, où les néovirus s'en donnaient à cœur joie. Pas de cocktail médicamenteux Nanostar pour les plus démunis de l'humanité. Les différentes armées du monde se consacraient à garder à distance ces déracinés pour éviter qu'ils ne contaminent les populations.

Frank s'imagina deux amis sur la route. Deux frères de destinée, comme lui et Lou. Saloperie de destin, pensa-t-il. Eux et pas nous. Lou proposa qu'ils partent à leur recherche pour les sauver. Pas de doute, il se faisait tard au Red Kat Bar.

— Alors, Frank, qu'est-ce que tu vas faire avec Kami ? Moi, si j'étais toi, je la présenterais à Juillet pour qu'elle en fasse sa nouvelle copine et pour lui faire plaisir, tu acceptes de la sauter. C'est pas un plan, ça ?

— Idiot.

CHAPITRE 9
C'ÉTAIT FINALEMENT
UNE HISTOIRE ASSEZ SIMPLE

Fin. Pour souligner la fin d'une semaine bien remplie sous le thème du voyeurisme, j'avais décidé d'organiser une petite fête. L'équipe, satisfaite de son travail, s'était regroupée autour de l'écran pour revoir les moments les plus fous et ceux où l'on était passé à deux cheveux de tout bousiller. Lol, nue au milieu de la troupe, frottait ses cheveux après la douche. Ils rigolaient tous en revoyant les efforts de Lol pour exciter notre Raoul. Le scénario de notre client était basé sur le regret de ne pas avoir eu le courage de rejoindre sa voisine exhibitionniste qui se caressait nue au soleil. Il se délectait du spectacle sans jamais avoir eu les couilles, malgré ses râles invitants, de franchir les quelques pas qui le séparaient d'elle.

C'était finalement une histoire assez simple. Rien de bien pervers, avec un peu plus d'espace pour le jeu d'acteur. Lol avait insisté pour prendre le rôle et moi j'avais inventé celui de sa colocataire qui venait la caresser avant d'aller faire les courses, juste pour l'allumer et susciter le désir chez notre voyeur insatisfait. Nous avions assez de liberté pour le scénario. Raoul s'était composé un personnage rigolo, ce qui le rendait très attachant dans le rôle de ce voyeur qui prend son courage à deux mains pour venir faire la conversation à sa petite voisine en chaleur. Lol avait mis le paquet et le petit cercle s'était même tu quand elle s'était mis en tête d'improviser avec, quel luxe ! tout ce qui dans le potager avait une forme phallique. Sa conversation en direct avec notre client durant le numéro avait été assez bandante, un bout d'anthologie où Lol avait pris le dessus sur le désir de notre voyeur. La carotte en feuille en mouvement au sommet de ses fesses avait fait d'elle une Miss Bunny sur l'acide, coupant court à toute discussion pendant le tournage. Jusqu'à ce que Raoul entre en scène.

— Te voilà enfin. J'ai cru que tu te branlerais encore une fois en m'observant.

— Je pense que c'est ta copine qui m'a finalement convaincu. Elle n'est vraiment pas gentille de te laisser dans cet état-là.

— Là, on reconnaît un vrai gentleman… Viens un peu par ici… Tu aimes les légumes?

Et nous avons encore eu droit à un cours sur la fellation de la part de mademoiselle, au plus grand plaisir de Raoul et de notre voyeur, qui ressentaient simultanément la bouche et les mains expertes de Lol parcourir leur corps. La séance de notre voyeur se terminait par une immersion dans une série de flashes évocateurs : étreintes sur la plage, au cimetière, en passant par les nuits de vent chaud dans les parcs. Espaces propices aux caresses, à l'abandon et à l'extase. Rien d'original, mais efficace et partagé par tous.

Frank et Lou débarquèrent dans le studio quelques instants plus tard.

— Est-ce qu'on arrive trop tard ou je vous livre Lou en pâture?

— J'allais m'habiller, dit Lol. Dommage… Une prochaine fois peut-être… *How hao ma*, Lou?

— Pas mal, et toi? Jolie, ta nouvelle combinaison, un rien suggestif…

— Arrête de me flatter, tu n'arriveras à rien! Tu connais Raoul?

— Comme le loup!

— Lou et loup, même combat! éructa Raoul.

J'étais contente de voir arriver Frank. Malgré l'activité du studio, je n'avais pas arrêté de penser à lui. Pourquoi lui et moi? Quelques mois, presque un an, et une vie changeait de trajectoire. Étrange bonheur dans ce monde pourri. Bref, j'étais heureuse de voir mon homme arriver. Puis j'ai remarqué que Lol et Lou, malgré les univers qui les séparaient, semblaient partager le même intérêt l'un pour l'autre. Peut-être que ce n'était pas sérieux avec ce nouveau copain que Lol voyait depuis peu. Enfin, on n'en savait pas grand-chose et elle nous en parlerait bien quand elle serait prête. Pas question de la brusquer. Elle était rayonnante et troublée à la fois, semblant incapable d'assumer la relation ou d'espérer que ça marcherait. Toute surprise d'être l'objet du désir de quelqu'un. Elle s'amusait à me montrer les cadeaux qu'il lui offrait. Un fantôme, mais bien présent dans le cœur de mon petit chaton. Ce qui la rendait plus indépendante et davantage sûre de son charme, malgré les doutes. Si ça flanchait avec ce nouvel amant, peut-être que Lol et Lou sauraient prendre soin l'un de l'autre et s'attarder à refermer de leurs baisers les fissures du passé. Cette idée était douce. Tout pour voir ma petite Lol heureuse.

— Et moi, tu ne m'embrasses pas?

Je venais de me coller contre mon petit Francouille, cherchant sa bouche en lui caressant la nuque.

— Je les prendrais en injection, tes baisers, suppôt de cathos:…

— Vous n'allez pas recommencer vos cochonneries en public? s'inquiéta Raoul.

Et Lol de renchérir: «Raoul a raison, Juillet, un peu de retenue…»

Ils s'amusèrent du regard interrogateur de Frank, qui se demandait bien ce que quelques caresses pouvaient bien avoir de déplacé dans un studio de porn underground. Bandes de jeunes, vieux réflexes fachos.

— Et c'est quoi, ça?

Frank remarqua un bac avec un pot rempli d'un liquide jaunâtre et quelques légumes enveloppés dans une camisole. Du genre que les filles portent sous leur combinaison. Sur le couvercle du pot, on pouvait lire en caractère gras: Lol.

— La nouvelle trouvaille de Raoul pour doubler nos revenus: les traces de nos ébats expédiées à nos pervers, à gros prix. Simple et efficace, mon amour!

●●●

Lol rayonnait. On ne savait pas si c'était de plaisir ou seulement d'avoir un peu trouvé sa place. Petit papillon sorti de son cocon. Lou se demanda comment le fait d'avoir quelqu'un dans sa vie pouvait donner maintenant à Lol cette toute nouvelle assurance. Frank avait raconté à Lou l'histoire de ce petit oiseau, semblable à celle des filles nées pour le malheur et l'ayant rencontré trop tôt. Cela, Frank l'avait senti dès leur première rencontre. Lol avait aimé Frank parce qu'il rendait Juillet heureuse, mais aussi parce qu'elle avait trouvé en lui un grand frère pour la protéger. À partir de ce moment il n'y eut plus d'allusion à un éventuel partage de jeux érotiques entre Lol, Juillet et Frank.

Ce studio, quel univers fantastique, pensa Lou. Lui qui avait navigué dans les endroits les plus pervers, se trouvait enfin dans un de ces studios, petits paradis ou simples trous d'égout célébrant les plus bas instincts des déchets de cette société. Lou avait réalisé une série de toiles sur le sujet, unique travail qui avait trouvé preneur, où il avait exploré les univers les plus sordides, les plus glauques, transmutés par son talent en cosmogonie poétique. Il avait tout vu au cours de ses voyages chez ces détraqués : des êtres dépecés vivants aux orgies zoophiles, parfois les deux à la fois. Ici, rien de cela. Tout était doux et sympathique. On baisait comme ailleurs pour faire du fric, mais ici, on s'amusait.

Bien sûr il y avait Juillet, maîtresse des lieux, qui insufflait à l'endroit une idée du bon goût, de décence et d'érotique tendresse. Pourtant, au départ, cette esthétique trop gentille avait répugné à Lou. On ne flirte pas avec l'enfer sans que cela laisse des traces, sans que la mise en scène du beau et du gentil ne vous lève un peu le cœur par la suite. Mais l'approche « thérapie sexuelle et fantasmes partagés » avait fini par le séduire. Maintenant, il était là, expérimentant de l'intérieur l'un de ces studios. Les images de Lol, Juillet et Raoul partageant leurs bouches et leurs sexes se superposaient à ce qu'il voyait maintenant : Lol, Juillet et Raoul bien écrasés sur les longues banquettes du studio, discutant tout habillés de ce qui les attendait pour les deux semaines de congé. Une pause obligée qui suivait chaque tournage et qui commençait aujourd'hui par cette petite fête. L'érotisation du quotidien, forme assez banale de perversité, dévorait particulièrement les entrailles de Lou. Crier de joie fut la première chose qui lui passa par la tête. Il joua plutôt les indifférents : « J'ai déjà tout vu, et malgré tout, je suis bien content d'être ici. »

Sa première impression du studio : comment Juillet avait-elle pu mettre la main sur un espace aussi grand ? Ça faisait au moins six à sept fois son minuscule appartement. Une grande pièce séparée en deux, d'un côté, la « mise en baise » et de l'autre, la quincaillerie de mixers et de panneaux lumineux pour capter, monter et diffuser leurs petits chefs-d'œuvre de pornographie. Chambre, cuisinette, salle de bain, toutes petites mais sympathiques. Il y régnait un esprit rare aujourd'hui, celui où la vie suit son cours en toute quiétude. Le petit commerce, malgré son esthétique bonbon, rapportait de façon surprenante dans cet univers hypersexualisé. Il est vrai que certains enregistrements étaient carrément hard. Juillet, délicate en tout, aimait bien parfois mettre en scène les désirs de ses clients, sans omettre le détail faisant basculer le tournage dans la décadence. Mais toujours avec une touche de naïveté et d'innocence, comme si les acteurs allaient saluer à la fin de la saynète. D'autres moments atteignaient des sommets d'imagination pure, souvent d'une vérité surprenante, ce qui, dans l'ensemble, distinguait **V.I.E. – Votre Imaginaire Érotique** des autres sites de cybersexe. Lou, qui avait maintenant, grâce à Frank, un accès permanent au site, avait pris le temps d'étudier Juillet, Lol, Raoul et leurs amis sous toutes leurs coutures. Il passait de bons moments avec Mercedes à suivre ces histoires perverses, approuvant ou condamnant du fond de leur divan les choix artistiques, tentant d'imiter les gymnastiques érotiques se déroulant sous leurs yeux, essayant de reproduire à deux ce qui se déroulait habituellement à quatre ou cinq dans le studio.

Lou vivait comme tant d'autres, en retrait de sa propre vie, une vie sans amour comme une habitude. Lol, ce petit objet de désir et de solitude, rayonnait maintenant, parce qu'un être sur la planète l'avait prise dans ses rêves. Personne ne prenait Lou dans ses rêves, si ce n'était Mercedes, douce compagne de lassitude et de tendresse. Cet étrange don d'aimer échappait à Lou alors qu'il était à la portée des plus démunis de l'univers. Comme il aurait aimé être amoureux de Mercedes. Regarder ses contemporains avec l'aisance de ceux qui sont attendus quelque part. Ce rêve absurde faisait encore courir les âmes en grands groupes, même les plus sceptiques, les plus critiques et les plus révolutionnaires. Il devait y avoir un quelconque fond de vérité à ce mythe de l'amour partagé, à ce gène récessif d'une humanité à l'abandon. Sûrement une forme primaire du désir qui n'avait pas le courage de mourir, pensa Lou.

— Alors, Lol, cet inconnu qui comble tes rêves les plus fous, est-ce que tu le revois bientôt?

Raoul. Au son de sa voix, Lou sut reconnaître la pointe de jalousie. Il n'était donc pas le seul à convoiter les pensées amoureuses de Lol. Ce grand fouet à barbiche avait cependant l'avantage de manger des pâtes au creux de ses reins. Malgré celà, Raoul était curieux des nouveaux amours de Lol. Avait-il, comme le pensait Lou, un brin de jalousie au fond de lui? Jusqu'à maintenant, jusqu'à présent, pas de trace de l'homme. Un amoureux absent. Non pas cette absence sous-entendue, celle des amants qui suspendent l'existence du conjoint pour mieux plonger dans leur intimité et échanger leurs caresses sans avoir à s'en excuser. Non. Pas un son de sa voix, pas de rencontre fortuite dans un escalier. Une Lol épanouie et aimée, sans l'ombre d'une queue.

— Mon amoureux est occupé. Il tente de capter les nuages pour irriguer les déserts. Ce n'est pas beau, ça?

Humaniste actif, c'était donc ça. Il y avait encore des fous, ou des naïfs, pour penser que l'action humanitaire pouvait changer quoi que ce soit au cours du monde. Juillet y avait longtemps cru, elle aussi. Avant que la réalité et l'action directe ne prennent le pas sur ses rêveries et qu'elle ne mette en place ce qu'elle croyait être une réponse valable à la torture actuelle de la planète. Mais si un humaniste rendait Lol heureuse, ça les rendait déjà un peu moins nuls pour elle.

— L'humanitaire, ce n'est pas ton fort, pas vrai, Juillet?

— C'est pas la bonne question, Raoul. Cela dépend toujours de ton objectif. Il ne faut pas être trop naïf. Soulager la misère? Si ça intéresse encore quelqu'un, pourquoi pas?

Frank avait de la difficulté à croire ce qu'il entendait sortir de la bouche de sa copine. Elle qui allait toujours de l'avant, une combattante-née. Que l'idée de s'attaquer à la souffrance de l'humanité soit un objet de dérision de la part de Juillet le démontait. Était-ce par jalousie? Une façon de réagir aux amours naissantes de Lol? Il la regarda avec un mélange d'incompréhension et de détresse, cherchant à comprendre les propos cyniques de son amoureuse.

— C'est simple, Frank. Tu peux combattre toute ta vie pour des causes ultra-importantes, et ça ne changera rien. C'est inclus dans le plan. Les cathos s'occupent des bonnes œuvres, on peut donc continuer à cracher sur les gens puisque les consciences sont tranquilles. Quelqu'un ramasse la merde, tout est dans l'ordre des choses. J'veux pas, sans prétention, jouer là-dedans.

— Il n'y a pas que les causes, il y a l'humain, non?

— Mais, Raoul, tout ce qu'a changé l'humain, c'est le monde dans lequel il vit. Et tu vois le résultat? Croire en l'humanité parce que nous en faisons partie, voilà ce qui est dangereux. Jusqu'à présent, l'homme aime bien voir son pareil moisir dans sa merde, t'as pas remarqué? Nous sommes tous fondamentalement bons, mais quand on regarde le résultat, je me dis qu'il y a bien quelqu'un qui se fout de nous.

— Alors, dit Lol, qu'est-ce qu'on fait à essayer de changer le monde pour sauver notre planète? On ne fait pas de l'humanitaire, nous ma? *Shi wang…*

La discussion suscitait un prévisible chaos et chacun y allait de son opinion, cherchant comme il se doit à faire avancer son point de vue davantage que le débat. Juillet, malgré la simplicité de ses propos, dominait le groupe dans la défense des concepts philosophiques militants. Oui, elle croyait à leur action, mais elle voulait à tout prix éviter d'être l'exception qui justifie la règle et servir de faire-valoir à des militants bonbons qui s'occupaient davantage de leur ego que des besoins du terrain. Au-delà des discours, il fallait du cash et de l'action et ça, elle pouvait y mettre du sien. Mais pas pour servir de figurant à ceux qui font le commerce de l'humanitaire.

— Et qui va subventionner l'humanitaire? Exact, ceux qui foutent la merde, avec trois fois rien. Et en plus, ils s'attirent la sympathie des gens. Ça m'arrache les tripes, juste d'en parler. Alors, selon moi, vaut mieux de petits gestes, petits, mais dans la bonne direction.

— Et comment sait-on que c'est la bonne direction, Juillet?

— Parce que, Raoul, quand on s'amuse comme nous, ça ne peut faire que du bien! Voilà!

C'était tout à fait Juillet, du rire aux larmes, du doute à son univers doux et absurde. Comme personne n'avait le goût de discuter des bienfaits ou non de l'humanitaire et de voir pleurer Lol, on trinqua à cette heureuse évidence.

● ● ●

— Toi, t'as trop bu.

— *Wo… bu…* (moi… non…)

Lol attira Juillet à l'écart du groupe.

— Je t'aime, Juillet, *wo ai ni*, Juillet. Toujours.

Pressant Juillet contre le mur, Lol l'embrassa à pleine bouche, lui caressant les seins, le ventre.

— Arrête, pas comme ça, devant les autres. Tes caresses, je les veux pour moi seule…

— Tu vas partir avec Frank, il faut bien que j'en profite un peu.

— Embrasse-moi, vite. Tu sais que je t'aime trop, petit chou ?

Elle l'embrassa tendrement. Lol était étrange, fébrile et émue. Elle fondait dans ses bras, se collant contre Juillet. Le corps de son petit chaton contre elle, encore, une dernière fois.

CHAPITRE 10
FRANK SANS JUILLET

Un ciel bleu beaucoup trop réjouissant accompagnait les passants depuis le début de la journée. Le temps faisait une pause, suspendu à de petits nuages sympathiques. Ces accalmies n'avaient pourtant rien de rassurant et laissaient souvent place à de forts orages. Probablement un système météorologique échappant aux modèles, de ceux qui font qu'une journée ne se termine pas toujours comme prévu.

Lou s'était remis à une série de peintures sur les égouts de l'humanité. Peut-être était-ce sa discussion avec Frank sur les réfugiés de ce monde qui l'avait convaincu de se lancer à nouveau dans les entrailles de ses contemporains. Ou sa visite au studio de Juillet, ce contact direct avec un monde habituellement hors de portée, de l'autre côté du miroir. Voilà un mois qu'il avait repris ses pinceaux. Son cœur était-il encore assez solide pour s'attaquer à l'étude des activités les plus perverses et décadentes ? Entre la fascination et l'horreur. Il avait préparé ses surfaces, retrouvé ses couleurs. Ça le faisait rigoler chaque fois qu'il se lançait dans un projet à la façon des anciens. Il se demandait si c'était vraiment par choix esthétique ou par pure bravade envers les critiques d'art et leur discours ennuyant et condescendant. Enfin, il replongeait.

Son espace de travail était aussi absurde que la disposition du mobilier dans l'appartement. Pourtant, tout était fonctionnel. Une espèce de *walk-in* pour tout atelier, étroit et long, sans aucune capacité de recul. Il travaillait ses toiles au corps, en sentant davantage les formes qu'il ne les voyait. Il se glissait sous l'épiderme de ses sujets, laissant apparaître la nature profonde de l'être ou de l'objet. Une forme d'hyporéalisme, où les structures et la matière prenaient le dessus sur le discours. Un combat dans un monde où le spectacle tenait lieu d'esthétique et où peu importait ce qu'avait à exprimer une œuvre puisque sa capacité à épater tenait lieu de contenu. Les toiles de Lou, outre l'anachronisme du médium, permettaient plutôt de vivre une expérience directe, intime, et n'avaient pas besoin d'être expliquées pour être saisies. Déjà un nouveau monde intérieur naissait en lui et il allait le laisser s'exprimer. Il adorait l'énergie de ces débuts angoissants et pleins de promesses.

Au moment où l'effervescence d'une nouvelle production habitait Lou, Frank filait un mauvais coton. Son Frank, qui était toujours là lorsque ses histoires amoureuses le plongeaient dans un spleen profond, son Frank sombrait lentement. Ça n'allait vraiment pas. Juillet sans Frank et Frank sans Juillet, c'était trop bête. Quand tout va mal autour de soi, pourquoi en rajouter ? Peut-être était-ce justement parce que tout foutait le camp que même les plus chanceux décidaient de bousiller leur bonheur. On avait cru à un moment de doute, à une panique momentanée, pas à une rupture définitive. Et pourtant. Juillet était encore amoureuse de Frank, ça, Lou en était bien sûr. Mais allez donc savoir avec ces militants, toujours à la recherche d'absolu, à la recherche d'eux-mêmes. Pas très différents de Frank et moi, finalement, pensa Lou, en se débarrassant de sa combinaison aux taches multicolores. La voix et l'image de Frank sur l'écran Tact de sa combinaison ne laissaient aucun doute sur l'urgence de la situation.

●●●

Lou se précipita à sa rencontre. Ce timbre de voix, fragile, distant, il ne l'avait jamais entendu. C'est pourquoi il courait pour ne pas le laisser seul. Il connaissait trop bien la cause de son désespoir. Il avait seulement cru, bêtement, que le temps allait arranger les choses.

Lou eut un choc en apercevant la silhouette de son ami à travers la vitrine du Red Kat. Accoudé au bar, Frank semblait porter le poids du monde. Il n'était pas assis, il gisait. Il n'était plus Frank.

— Non, Lou, je ne veux pas mettre Juillet derrière moi. Juste impossible de laisser ça entrer dans le monde du possible, de la réalité enfin, de ma réalité.

— Mais comment expliques-tu ça ? Qu'est-ce qui a bien pu arriver ? Ce n'est pas parce que Lol n'est plus dans les parages, qu'elle a peut-être décidé de rejoindre son nébuleux humaniste, que la relation entre Juillet et toi fout le camp ?

— Tu te souviens de cette soirée de fou, il y a à peu près un mois, où nous avons fait la fête au studio ?

— Difficile à oublier, j'aurais dévoré Lol sur place. Bon moment, ouais. Assez délirant.

— C'est ce soir-là que Juillet a vu Lol pour la dernière fois.

— Bon. Lol est disparue, je sais.

— C'est pas tout. En fait, et tiens-toi bien, Juillet a vu sa photo sur un site instantané de leur organisation écologique. Évidemment, son nom n'était pas le même, mais sa photo y apparaissait sous la mention : « Ils ont simplement donné leur vie pour que la vie reprenne ses droits. »

— Lol…

— Eh oui, Lol. Pendant qu'on se demandait si ces kamikazes existaient vraiment, Lol, la petite Lol, poursuivait son chemin de militante vers sa mort. Dégueulasse, non?

— Enfin, t'es sûr… Il ne peut pas y avoir d'erreur?

— Pas pour Juillet. SA Lol se faisant exploser, une bombe dans le cul, dans les bras de son amoureux, qui était en fait probablement à la tête d'un empire.

— Je pense que je vais avoir besoin de boire quelque chose de plus fort, Frank. Tu prends quoi?

— Bah, la même chose que toi.

— Lol… déesse détresse en mal d'amour, si heureuse de nous faire savoir qu'elle était aimée de quelqu'un. Frank, si nous avions su…

— Ces maniaques recrutent parmi les plus sensibles, les plus amochés, Lou. Et ce n'est pas ça qui manque.

— Étonnant qu'ils ne nous aient jamais approchés!

Frank n'esquissa même pas la trace d'un sourire.

— Pauvre Juillet… Je comprends un peu plus pourquoi elle déraille. Même si je ne comprends pas ce que tu as à voir là-dedans. Comment va-t-elle?

— Elle dit que nous n'avons rien à voir avec tout ça, que c'est uniquement sa vision du monde qui a changé. Elle trouve mesquin de penser uniquement à elle, comme elle le fait quand je suis dans ses pensées, qu'il est temps d'arrêter de faire de la figuration dans nos propres vies… J'ai eu beau chercher, je ne vois rien. Le vide chez elle, le vide chez moi, pas très jojo…

Et moi, je coule comme un idiot… Et pourquoi pas si tout ne tient qu'à un fil…

— Ça peut durer un moment, même un bon bout de temps, mais tout ne peut pas s'effacer comme ça. C'est con! On ne peut pas effacer ce qui est bon et qui a de l'importance, même si on traverse un mauvais bout de vie.

— Faut croire que si, en tout cas pour Juillet. On dirait que tout ce qui reste de nous se retrouve dans ma p'tite tête.

●●●

Juillet visionnait les images où Lol souriait, où Lol jouissait. Tout doucement, au ralenti, arrêt sur l'image. Son petit chaton innocent qui éclatait en mille petits morceaux de sa tendre peau pour la cause pendant qu'elle, elle s'amusait dans son studio. L'argent envoyé à l'organisation avait servi à financer l'opération suicide de Lol. Et Juillet, maintenant, le savait. Cette idée lui donnait envie de vomir. Comment avait-elle pu participer à détruire ce qu'elle avait de plus précieux? Elle qui n'avait jamais laissé son désespoir se transformer en violence. Mais la voilà soudainement prise au piège, impuissante. Piégée, piégée, piégée par ce qu'elle avait cru être le sens même de son existence. Autant la mort de Lol la détruisait et lui donnait le goût de se réfugier loin de tous, autant le fait d'être manipulée dans son propre destin l'enrageait et lui donnait le goût de tout détruire sur son passage, elle incluse. Jamais elle ne pourrait vivre comme avant. La perte de Lol, aussi douloureuse qu'elle soit, lui ouvrait les yeux. Elle en était à vivre comme ceux qu'elle dénonçait. Son petit bonhomme de chemin, son petit bonheur mesquin, avec la conscience tranquille de participer à la bonne cause, à distance, sans trop souffrir. Une imbécile heureuse de plus. Comment avait-elle pu croire que l'action en pantoufles pouvait donner des résultats? C'est là qu'elle s'était égarée dans sa propre existence, croyant que ses petits talents de séductrice pouvaient, poussés à leur limite, être un apport significatif à la cause. Foutaise. Et peu importe la douleur maintenant si elle y voyait enfin clair.

Elle imaginait les dernières pensées de Lol, au moment où ce gros con s'était glissé en elle et qu'il allait enclencher le détonateur. Était-elle pour elle, cette dernière pensée, pour leur dernier baiser? Pour sa tête enfouie au creux de ses seins? Que de sourires se mêlaient dans sa tête. En superposition, de près, de tout près, sourires glissés sur sa joue, commissures gourmandes, lèvres offertes et rires saccadés. Solarisés et perdus dans la lumière, dorénavant perdus quelque part dans l'univers. Tout cela était impossible et Lol marcherait bientôt dans le studio, pensa-t-elle, anéantie. Il avait perdu des plumes, le studio, depuis sa disparition et Raoul tentait de sauver les meubles en diffusant du vieux matériel non utilisé ou en faisant appel à des jeunes qui avaient déjà fait un bout avec eux et qui étaient prêts à faire n'importe quoi pour quelques dollars. Le cœur n'y était plus. Non pas que Lol en eût été le cœur, mais l'idée même de s'amuser en faisant du fric et en aidant la cause n'était plus là. «Peut-être que je deviens vieille», se demanda Juillet.

Elle connaissait trop bien l'organisation pour ne pas savoir par quelles étapes Lol était passée. Les escapades, qui rendaient Lol triste ou nerveuse, s'expliquaient d'elles-mêmes. Ce qui lui échappait, c'est ce mal de vivre qui l'avait plongée vers cette mission suicide. Oui, on avait abusé d'elle. Oui, la vie n'avait pas été très tendre avec elle, particulièrement parce qu'elle s'offrait trop rapidement avec cette foi aveugle en la bonté des autres. Elle qui avait trouvé au studio son oasis, pourquoi avait-elle secrètement fait les démarches pour s'offrir en sacrifice? Si tendre et peureuse, boule de douceur et petit chaton, qu'était-elle allée faire dans cette galère d'horreur et de violence? Dans ce monde en fin de parcours, certains voulaient faire croire que la vie n'avait plus la même valeur et Lol avait mordu à l'hameçon. Petit jouet d'une idéologie meurtrière qui se foutait bien des cœurs tendres.

● ● ●

— Tu ne vas tout de même pas te faire couler? Il faudra bien que tu sois regardable le jour où Juillet sortira de sa bulle…

— Pas une loque humaine, c'est ça?

— C'est pas ce que je dis…

— Et pourquoi je ne coulerais pas? Un rêve universel. Tous des peureux qui ne veulent pas aller au fond des choses… Aller voir au fond du baril, pour voir si j'y suis!

Frank reprenait du poil de la bête. L'alcool coulait dans ses veines, ce juste moment où il efface le présent sans mettre en péril le futur. Dans ces moments de détresse, le plus important est d'être là. Inutile d'essayer de trouver une façon de sortir un désespéré de ses tristes pensées. Mieux vaut l'écouter et plonger avec lui, en s'assurant qu'il n'abusera pas trop pour avoir demain la force de trouver un peu d'espoir. Une pensée beaucoup trop sage pour Lou.

— Il te reste l'amitié. Nous vivions bien avant Juillet et le studio, non?

— Du calme Lou, je n'ai rien dit.

— Ta musique, ta passion. Les jambes de Saskia et son petit cul, et cette Miss Météo qui ne demande qu'à aider le beau Frank. Y a pas de quoi chialer.

— T'es gentil Lou, mais sans Juillet, je coule. C'est simple, efficace et pas compliqué. Plus de sommeil, plus de paix, plus de décisions possibles, simple et efficace. Mais pas besoin de désespoir pour en finir. Une glissade dans la brume avec les yeux de Juillet pour tout fond. C'est dur, mais pas si désagréable quand je m'oublie un peu. Et comme la vie est bien faite, c'est tout ce dont j'ai envie. Pas pour en finir, simplement pour glisser.

— Toi et moi, c'est déjà pas mal, non? Ce que je veux dire, c'est qu'on en a déjà pas mal traversé en braillant et en rigolant. Tu te souviens comment je voulais mourir pour Maria? J'veux dire, il y a aussi des petits projets. Ceux qui font qu'on se lève le matin avec l'idée que notre vie va s'améliorer, qu'on va y trouver un peu de bonheur…

— Tu deviens philosophe? T'as raison, y a de l'espoir…

On l'avait échappé belle. Du sérieux. Frank, un genou au sol, Lou n'avait jamais connu ça. Il fallait l'aider à se relever, mais pas trop rapidement. Lou était là et s'était juré de ne pas laisser glisser son ami. Frank savait pleurer en riant, se foutre éperdument de lui, ce qui rendait la tâche plus ardue, plus délicate. Peut-être que Frank devait passer par là, détour obligé pour être susceptible d'aimer encore un jour, d'aimer mieux. Ce désespoir, après tout, était en lui et pas ailleurs. On partage nos rêves, mais on passe notre temps à étouffer nos doutes avec des images de lendemains meilleurs. Et quand ça craque trop dans nos vies, l'abîme s'ouvre parfois. Évidemment, il n'y a rien au fond du gouffre et on remonte amoché, mais toujours vivant. Frank n'était pas encore sur le chemin du retour. Mais Lou était là, toujours aussi présent qu'au moment de leur rencontre cinq ans plus tôt.

●●●

— Salut, tu te souviens? Moi, c'est Frank.

— Oui, oui, je me rappelle. À l'exposition des artistes non-contemporains, c'est ça?

— Toi, c'est bien Lou, non?

— Eh oui, le peintre maudit.

— Comment oublier ta tirade sur l'oubli de l'hédoniste dans un monde où le seul moteur de la création est la souffrance exprimée en public. Du grand art!

— Il ne faut pas toujours écouter mes conneries. Les écouter, oui; s'en souvenir, c'est pas obligé!

— Un peintre qui aime raconter des histoires. C'est pas interdit, ça?

— Ce sont des cycles, ça va et ça vient. Actuellement, il ne faut surtout pas que les gens comprennent quelque chose à ma peinture, ça, tu as raison. Ce n'est pas très bien vu par certains. Le hic, c'est que même s'il n'y a finalement rien à comprendre – ce qui devrait permettre de me qualifier auprès de l'intelligentsia artistique –, la forme de mon expression, elle, est classique, donc interdite. Rigolo, non?

— Est-ce que tu veux réellement participer à tout ça? Ça me semble *dead*.

— Je ne suis pas sûr que j'aie le choix de la compagnie. D'ailleurs, je m'en tiens loin. Enfin, tant que je peux… Il faut bien vivre!

— Alors, qu'est-ce que tu fais? On prend un verre à la quatre-vingt mille quatre-vingt-quatorzième mort de l'Art?

— Ouais, bonne idée.

— Tu connais le Red Kat?

— Oui, un des derniers endroits sympathiques.

— Écoute, j'ai quelque chose à finir, j'en ai pour une heure. On se rejoint là ?

— Parfait.

— Parfait ! À plus.

Ce fut le début de cette amitié, unique, comme toutes les amitiés. Une longue conversation sans fin où l'on prend soin de ne jamais blesser l'autre, pour le plaisir de prendre soin de l'autre. Deux univers désormais sur le même chemin, mus par le simple plaisir d'être ensemble. Mais tout en restant soi-même, à l'opposé de l'amour qui confond tout.

Frank avait toujours trouvé bizarres les gens à la recherche de nouveaux amis. La rencontre de Lou appartenait à un autre ordre, à un rapport différent au monde : elle relevait autant du passé que du futur. Le temps était suspendu quand ils étaient ensemble. Seul le plaisir de leur compagnie suffisait à donner un intérêt au moment présent. Ce n'était pas du bonheur, plutôt le sentiment d'être bien préparé à la veille d'un grand départ, d'un grand projet. Même si celui-ci consistait simplement à prendre quelques verres au Red Kat.

●●●

Quelques mois après le début de leur relation, Juillet avait voulu qu'ils se retrouvent seuls ensemble. Frank se rappelait la ligne du corps de Juillet se découpant sur le drap bleu de cette chambre qu'elle avait louée pour eux. Les amours de Frank avaient souvent été vécus aux dépens de la vie, souvent en marge de celle-ci. Cette fois-ci, avec Juillet, amour et vie se confondaient. « L'amour en marche », aurait dit Lou.

Cette escapade à la campagne, selon Juillet, avait pour but de voir vivre leur union à l'extérieur de leur espace habituel de vie. Le bonheur en mission de reconnaissance. Une expérience que la situation financière d'un musicien Trad des années trente ne lui permettait pas d'envisager, ni même d'espérer. Une idée de Juillet, sans raison, parce qu'elle aimait cette vieille rengaine voulant que trop de raison tue la passion. En découvrant la petite chambre aux murs bleus, Frank fut frappé par la beauté des lieux, mais surtout par cet univers de propreté, de douceur.

— Bleu marine, comme c'est joli, avait dit Juillet.

— Bleu marine, quel drôle de nom…

Malgré la présence de micro-tempêtes et d'ouragans qui balayaient régulièrement la campagne, de cette petite auberge émanait la vague impression d'un temps passé où le bien-être était lié à l'émerveillement des sens. Que le bonheur puisse prendre sa source dans l'expérience directe du réel, Frank l'avait presque oublié. Les revenus d'une semaine de tournage avaient dû y passer pour payer cette folie.

Attachée au montant du lit, Juillet était à la merci de Frank. Leur petit sac rouge, qui servait à rassembler tous les jeux et objets de leur intimité sexuelle, n'était jamais très loin. Elle adorait être attachée avec des cordes en véritable fibre végétale, plaisir d'une autre époque. « C'est ainsi qu'on faisait au Moyen-Âge. Comme c'est romantique ! » Frank avait entrepris de la caresser lentement, pour ne rien perdre de la beauté du moment. Ses lèvres sur ses chevilles, sa langue à l'intérieur de ses genoux, de ses aisselles, aucun repli de son corps n'échappait à son exploration.

Juillet offerte, ses petits seins, son ventre paré d'un tout nouveau dessin, la joue de Frank caressant son épaule, ses doigts, ses lèvres. Doux moments d'excitation et de paix. Frank avait remarqué son regard amusé quand il avait choisi son petit lapin dans le sac. Elle y accordait une valeur particulière sans qu'il n'ait jamais réellement compris pourquoi. Gémissements et regards tendres. C'était un après-midi merveilleux et la meilleure façon de débuter ces quelques jours de vacances. Quand le lapin disparut, Frank entreprit de le seconder dans cette aventure.

●●●

Le regard fixe, Frank émergea de ses pensées. Il regardait l'écran éteint en tentant de faire le vide dans son esprit. Mais ces images de Juillet à la campagne lui revenaient sans cesse. Qui aurait cru à ce moment que leur simple et belle histoire d'amour prendrait une tournure aussi amère. Passer un moment avec Lou lui avait fait du bien. Le regard, l'attention de son ami le tenait en vie. Juillet, Juillet, Juillet. Il s'en voulait de s'être perdu dans cette relation tout en sachant qu'il referait exactement la même chose si c'était à refaire. Rien ne serait plus pareil à avant. Il allait devoir remonter du puits dans lequel il pataugeait depuis la mort de Lol, depuis que Juillet avait bousillé leurs vies en balayant leur relation du revers de la main. Devoir vivre autrement. Étrange formule. Déjà, cette nouvelle vie à venir le fascinait, tant elle lui semblait à des années-lumière de son désespoir actuel. Peut-être allait-il contacter cette Kami, après tout. Il n'allait plus vivre à la remorque de JF et Saskia, au gré de leurs humeurs. Bouger et vivre autre chose. Quoi, il n'en savait rien. Si vivre avec Juillet n'était plus possible, si elle ne voulait plus d'eux, peu importe la raison, il allait devoir changer quelque chose, prendre un autre chemin. Pour aller où ? Cela, il n'en avait aucune idée. Aller au bout de cette peine et recommencer à vivre. Qui sait si une Juillet qui n'aimait plus le Frank d'aujourd'hui ne tomberait pas amoureuse d'un nouveau Frank ? Et puis tout cela était si absurde. Aussi bien pousser l'aventure jusqu'à ses limites. Pour la première fois, la larve qu'il était devenue l'attristait plus qu'elle ne le dégoûtait. C'était déjà ça de pris. Il allait partir, chercher la paix ailleurs. Bleu marine, il y a longtemps que ça ne collait plus aux couleurs de l'océan. Mettre d'autres mots sur l'histoire de sa vie.

CHAPITRE 11
LE CHOIX DE JUILLET

Cette nuit douce me berce. J'ai toujours aimé les trains. Leur souffle dans la nuit me rassure et cette solitude – peut-être est-ce la raison pour laquelle je me sens si bien – cette solitude m'accueille comme une amie qui me comprendrait. La campagne défile dans la nuit et au loin, des milliers de petites vies, d'imaginaires en action tentent de trouver le bonheur. Si personne ne s'avise de faire sauter les rails, dans quelques heures, toute ma petite vie prendra son sens, enfin. Le studio me manque déjà. Mon nid douillet, la maison des fantasmes, des caresses, des sens avides et de mon corps abandonné. Mais en ce moment, il me faut chasser ces images tendres et cochonnes et me concentrer sur ma mission. Le flottement du train masse mes fesses et mes reins, donnant à ces images lointaines, à cette rêverie érotique, une pulsion nouvelle dont je me délecte par de douces caresses. Je ne fais qu'un avec la banquette et le wagon, filant à 500 km/h, lévitant au-dessus des rails, survolant la campagne. Offrir ce dernier orgasme à mon petit Francouille, seul lien qui me retient encore à la vie, seule pensée qui cajole mon cœur dans cette étrange nuit de lucidité et de vertige.

●●●

Se créer son petit monde à soi, petit paradis ou enfer, c'est selon l'imagination et le destin de chacun. Désir, désir, désir d'être quelqu'un, d'être quelqu'un d'autre. Elle s'en voulait de tout ce temps perdu à vouloir être autre chose que cette jeune fille sensuelle et rieuse. Son esprit toujours en ébullition la rendait folle : le chien, les enfants, la maison, à qui appartenaient-ils ? De qui étaient-ils le rêve ? Vraiment d'elle ? Au moment de quitter la vie, Juillet était déçue de ne pouvoir répondre à cette question. L'absence de désir, davantage que la peur, contrôlait maintenant ses actions et ses pensées. Ne plus rien vouloir, même pas vivre, sachant que tout cela est inutile, qu'il ne reste plus qu'à aller au bout de sa mission.

Un brusque mouvement du train la réveilla. Malgré la quantité de drogues qui la retenaient dans un état second, Juillet s'éveilla, mais avec un poids oppressant sur la poitrine. À travers les vitres du train, elle observa de petites tours d'habitation à l'approche d'une ville et cette vision l'attrista. Petits destins en devenir ou résignés. Elle ressentait une grande tendresse en pensant à eux, à toutes ces peurs et ces petites joies qui se battaient pour mieux vivre. Vouloir devenir quelqu'un d'autre. «Le premier et le dernier des pièges», pensa-t-elle.

●●●

Juillet courant sur un chemin de gravier à la campagne. Habillée d'une belle robe, avec deux dents absentes sur le devant et malgré cela, le plus beau des sourires. Tout ce à quoi elle aspirait à cette époque était de se réfugier avec son chat dans le grenier et de boire de la limonade en lui racontant ce qu'il allait devenir quand il serait un grand chat. Un temps où juillet signifiait encore l'été. Elle avait connu l'insouciance et s'était toujours demandé si ça n'était pas la cause de tous ses maux. Toujours à vouloir sauver le monde, sans trop savoir pourquoi. Études, travail, amours, amants, des doux, des bons, des très bons, des salauds et des amies, des salopes et des amantes. Parcourir la planète et revenir chez soi avec la conviction que ce monde doit changer, mais sachant désormais que les vieilles méthodes n'étaient plus les bonnes, qu'il fallait faire preuve d'imagination pour échapper aux pièges du passé. L'imagination au pouvoir, elle en avait rêvé toute sa vie. Aujourd'hui il n'était plus question de toutes ces histoires mais d'action, même si cela devait

lui coûter la vie. Courte vie, à laquelle elle avait consacré ses rêves, son ego, ses opinions. Enfin, mettre un
terme à tout ce délire. Même si un murmure lointain
en elle disait que ça faisait mal. Sa seule tristesse était
d'enfouir à jamais le souvenir des êtres aimés, d'em-
porter avec elle toute cette tendresse, le plus précieux
trésor que la vie vous offre. La douceur des baisers de
Frank, par exemple.

●●●

Tout est lumineux et, au premier regard, il est difficile d'apercevoir le grand lit. État de grâce, abandon
aux caresses de Frank. J'avais trouvé cet endroit, pas
loin d'où j'avais passé mon enfance. Heureuse de partager ce petit paradis avec mon homme. Homme de
ville, l'expérience des vastes espaces de la campagne lui
était étrangère. Partager cet abandon, laisser nos pensées libres du bombardement des sons et des images,
baiser comme aux premiers jours de l'humanité.

Étendue sur le lit, les cordes à mes poignets, je
regardais Frank se dévêtir pour moi. Ma peau nue sous
ses mains, quel délice. Ce total abandon, cette confiance
et ce brin de perversité m'excitaient beaucoup. En
entrant dans la chambre, j'ai tout de suite senti que
l'investissement en valait le coup. À des lieues du
groupe, de nos combats et des grandes idées, j'avais
voulu trouver un endroit où nous pouvions nous
aimer, pour laisser cours à notre bonheur. Une retraite
méritée à l'écart de la connerie et du désespoir. Un

amour exprimé l'un pour l'autre avec pour unique raison notre destinée commune, côte à côte.

Sentir sa barbe entre mes jambes, au réveil, qui me
chatouille. Depuis quand était-il planté là, mon amoureux ? Ses beaux yeux guettaient mon réveil, sa bouche
veillant à ce que le trouble désiré monte en moi. Oui,
ces yeux moqueurs et tendres, pleins de lumière, me
donnaient le goût de tout lui abandonner, ce que je
faisais sans retenue. Escapade, trois jours de bonheur
où nous n'avons fait que baiser, manger, discuter, discuter et nous goûter l'un l'autre, célébrant le bonheur
de nous être trouvés dans ce monde déréglé. Est-ce que
nos vies s'écouleraient lentement ainsi, lui musicien
Trad adulé de tous, et moi, combattante de la misère
et de l'injustice, disparaissant régulièrement pour
échapper aux rafles des autorités ? Je vois déjà les messages envahir les écrans de la ville : Frank, célèbre musicien Trad, mêlé aux activités résistantes, sa copine
Juillet recherchée pour avoir neutralisé un millier de
caméras de surveillance dans les toilettes des bars de la
ville et les sous-sols de vieilles églises désaffectées, lieux
présumés de rassemblements écolos clandestins.

●●●

Le protocole. Le seul moyen pour assurer la réussite de la mission, est de ne pas laisser l'ego prendre le
dessus. L'homme est un loup pour l'homme. Tueur,
mais fragile. Alors, le protocole nous évitait de flan-
cher. Élève studieuse et disciplinée, j'avais suivi toutes

les étapes et mon cerveau avait été préparé pour me présenter à ma mort légère, désirable, affamée sexuellement et munie d'un instinct de tueur à faire fuir le dernier ours polaire en cage. Studieuse, oui, mais toujours insoumise, même dans la mort. La romantique en moi n'avait fait qu'un tout petit accroc au protocole. Le canal audio de mon Tact restait ouvert pour Frank, autant par romantisme que par espoir. Âmes cosmiques se répondant, espérer entendre sa voix avant de disparaître. Lui dire que je n'avais aimé que lui, même si ce n'était pas vrai, juste pour lui faire plaisir, pour y croire un peu. Dernier amour, à 22 ans. Vibration et signal audio, réponse inespérée à mon délire.

— Frank?

— Salut, Juillet. C'est moi, Raoul…

— Raoul… Comment?

— On ne peut plus simple. Je te connais trop bien. Je sais exactement où tu es en ce moment et où tu vas.

— Raoul… Mon petit Raoul… Mon grand fouet d'amour…

— Juillet, penses-tu réellement que j'allais t'abandonner et te laisser faire cette connerie?

— Comment sais-tu?

— Tu allais trop mal, je ne pouvais pas te laisser seule.

— C'est mignon, Raoul, mais il est trop tard. Je suis en chemin…

— J'ai bien l'intention de te faire changer d'idée.

— Raoul, avec tout ce qu'ils m'ont fait prendre…
je n'ai qu'une idée en tête, c'est d'en finir. Là où j'en
suis, personne n'en est jamais revenu. Mais c'est gentil,
toi, d'y avoir pensé.

— Je te dis pas que c'est inutile, tout ça. Tout ce
que je dis, c'est que tu serais bien plus utile en vie.

— Ce n'est pas notre petit studio qui aurait pu
changer grand-chose.

— Il a changé ma vie et celle de Lol, Juillet. C'est
déjà pas mal.

— Tu vois ce que ç'a donné… Pauvre Lol… J'arrive, mon petit bébé. Je vais la trouver dans le néant,
aller reprendre sa main et la protéger pour toujours.

— C'est beau, Juillet, mais c'est pas toi, cette logique de mort. S'il fallait faire sauter tous ceux qui ne
pensent pas comme nous. T'as toujours méprisé cette
façon bourgeoise de penser et là, tu y plonges la tête la
première. Je voulais juste que tu saches que celle qui va
se faire sauter, c'est pas la Juillet que j'ai connue.

— T'as peut-être pas tort, Raoul. Mais je ne crois
pas que ma petite personne mérite tant d'attention.
Tous ces petits egos en marche, c'est ça qui est absurde.

— Tout est absurde, Juillet. C'est pour cela qu'il
faut que tu débarques à la prochaine station, que tu
restes en vie.

— Tout ça n'a pas de sens, aucune valeur. Tu le
sais bien.

— Ç'en a, dans la mesure où tu lui en donnes un :
que tu agisses, que tu sois vivante ! Une Juillet morte,

c'est abandonner la planète à ceux qui la bousillent, c'est donner raison à ceux qui ont tué Lol, peu importe à quel groupe ils appartiennent. C'est ça que tu veux?

— T'as sûrement raison, Raoul. Mais à quoi bon? J'ai tout gâché, il est trop tard. Ce que je fais, ce n'est peut-être pas moi, mais c'est ce qu'il y a de mieux à faire avec ma carcasse aujourd'hui.

— Tu m'énerves, Juillet. Tu parles comme si nos vies étaient programmées comme ces jeux pour les nuls, sans pauses, sans erreurs, de la case départ à l'arrivée grandiose de l'héroïne. Un peu primaire, ce raisonnement.

— ...

— Un cycle sans fin. Une source de vie dont on tire le meilleur. Mieux vivre pour mieux sentir, s'ouvrir, s'enivrer, partager, combattre... Juillet. Toutes mes petites trouvailles, mes bidules, mes montages, ils existent à cause de cela. De jour en jour, je les comprends davantage. Je les cueille dans les débris, les détritus, et ils s'animent. J'y arrive, même si je ne suis rien, probablement parce que je ne suis rien, rien que cette source de vie en mouvement, attentive. Si tu me demandes pourquoi je suis attentif aux déchets, je ne sais pas. Ils me fascinent plus que les petits robots gracieux qu'on vous vend en adoption. Sûrement parce que je m'y reconnais un peu, là où les autres n'y voient que de la merde. Et je suis fier de ne pas glisser dans le goût des autres.

— ...

— Ça ne fait pas de moi un héros, juste une bibitte heureuse de donner vie à un nouvel univers là où les autres essuient leurs godasses. Peut-être parce que je suis fou, peut-être. Mais parce que je suis vivant, ils vont naître, exister... Avoir le sentiment profond et égoïste de participer à la vie. Banal et jouissif à la fois, ça participe à mon petit bonheur, et toi, tu participes à mon bonheur. Et j'y tiens. Crois-tu être la seule personne à s'être perdue dans sa propre vie? On passe tous par là. On meurt et quelqu'un d'autre, un quasi-étranger, se relève et finit par se souvenir de ce temps où on a laissé la peine prendre toute la place. On commence par avoir pitié de soi et à la longue, ça nous fait sourire. On regrette presque l'époque où on était assez fou pour se mettre dans des états semblables. Plus on tombe de haut, plus lucide on se relève. Juillet, sors à la prochaine station. Tu n'as plus rien à faire avec ces tueurs.

— Pour aller où?

— On reprendra tout à zéro. Fini la porn et le financement terroriste. Agir avec ceux qui veulent changer le monde sans tout démolir. Comme nous.

— Oh Raoul, tout ça me donne le goût de vomir...

— Vomir, c'est revivre un peu, pas vrai?

La trace d'un petit sourire au fond d'elle-même. Elle sentit, au loin, quelque part, une brise fraîche sur son âme écorchée. Était-ce possible de vivre encore?

●●●

« Le monde n'est pas linéaire, c'est un cycle. Il n'y a pas de lucidité, de fidélité, à part à soi-même. Alors ce sacrifice, pourquoi? Pour qui? »

« Ce serait bien si on pouvait encore parler ensemble de Lol. Ça serait une belle preuve d'amour, tu ne crois pas? J'ai besoin de toi. »

● ● ●

Juillet entendait la voix de Raoul mais sombrait lentement dans la confusion. Elle résistait et les agents médicamenteux relâchaient progressivement d'autres molécules dans son sang afin de l'engourdir et de la garder au cœur de sa mission. Elle se vit l'espace d'un instant aux côtés de Raoul, détournant le signal de la loterie nationale au moment de l'annonce des numéros gagnants. Personne n'avait réussi à échapper au protocole. Logique de mort. Ça n'avait jamais été elle. Sa peine, sa douleur n'étaient pas la mort, c'était la vie qui se battait. Tomber, c'est se relever différent d'avant, plus vivant. Jamais personne n'avait échappé au protocole et c'est pour cela que le protocole existait. Pourquoi briser les règles établies si c'est pour les reproduire dans une mission suicide? Pourquoi cette logique de mort dans sa petite tête écolo?

Juillet eut un haut-le-cœur. Sa volonté, sa tête étaient impuissantes dans un corps programmé pour tuer. Les murs du train tournaient autour d'elle et le plancher se dérobait sous ses pieds. Et cette bombe dans le cul, prête à sauter quand son mignon allait la baiser, pendant qu'elle lui crierait de s'enfoncer plus profondément, jusqu'à ce qu'il ne reste plus d'eux que des milliers de petits morceaux de chair sanguinolente. Sa photo sur le site des martyrs, à la place de celle de Lol.

Juillet tomba à terre et vomit entre les banquettes. Cela lui fit du bien et relâcha la pression des molécules sur son esprit. L'image de la petite fille aux dents manquantes sur le devant lui revint soudain. Elle lui devait bien ça, de vivre encore, de lui inventer un avenir. Si ce n'était pour elle-même, ce sera pour l'enfant pleine d'espoir et de désir qu'elle avait été. Et cette petite fille n'avait absolument rien à voir dans cette odyssée morbide. L'espoir enfoui en elle venait à son secours.

— Raoul, aide-moi, je n'y arriverai jamais.

— Résiste, Juillet. Y a que toi pour détester autant la misère et l'abus. Sors de là pour toutes les Lol du monde qui ont besoin de toi.

— Raoul, je voudrais tant…

— Allez Juillet, laisse cet univers de pourriture derrière toi. Ils seraient trop heureux de voir une Juillet morte. Ne leur laisse pas ce plaisir, Juillet. Sors de ce train.

— Raoul, j'y arrive.

Le train s'immobilisa et se déposa sur ses rails. Peut-être sa tête allait-elle être mise à prix. Cette pensée lui arracha un sourire. Ce monde de merde n'en avait pas fini avec Juillet. Elle trouva la force de sauter sur le quai. Il faisait nuit, il faisait froid et Juillet comprit que c'était le plus grand jour de sa vie qui débutait. Mal, mais c'était déjà ça.

POSTFACE

À Juillet, toujours nue dans mes pensées est né d'un langoureux baiser, de l'absence d'une femme et d'une nuit d'insomnie. Une longue lettre d'amour contemporaine, voilà l'essence de ce roman. Une nuit pour faire naître les personnages et deux ans pour les faire vivre. Dans un premier roman, l'auteur avance en terrain inconnu : pas d'habitude dans le processus d'écriture, pas de truc où trouver un peu de réconfort. Un premier roman, c'est l'univers du doute. Un thème s'est rapidement imposé : pourquoi ont-ils laissé périr la planète alors que tous les signes de déclin étaient présents ? Un roman sur le futur et le passé à la fois, un roman d'anticipation qui interroge notre présent. 2033.

Les écologistes se sont faits tueurs, le climat est déréglé et le corps, désacralisé, devient objet de consommation immédiate. Une histoire d'amour entre une militante écologiste et un musicien folkloriste traditionnel dit « Trad ». Peut-on aimer quand tout s'écroule ? À cette question, *À Juillet, toujours nue dans mes pensées* répond par la négative. Cependant, la notion d'amitié prend le relais de ce possible amoureux perdu, permettant de mieux vivre et allant jusqu'à sauver l'héroïne du récit.

À Juillet, toujours nue dans mes pensées portait au départ le titre *Demain Juillet*. Ce premier titre, bien qu'ambigu, soulignait un autre fondement du roman : de quelle façon allons-nous vivre demain si nous continuons à exploiter la planète et à cultiver une logique de mort sous le couvert de plaisirs et de libertés ?

À la mise en place des personnages et de la trame narrative a succédé la création du milieu dans lequel ces personnages allaient tenter d'exister. Il s'agissait là sans aucun doute de l'exercice de création le plus difficile du roman : comment décrire avec précision l'univers dans lequel évoluent les personnages sans détruire la fable, sans contaminer d'éléments réalistes cette tentative d'évocation d'un proche futur ? À la lecture de Philip K. Dick et en revisionnant certains classiques cinématographiques d'anticipation tels *Soylent Green* (Soleil Vert), *Blade Runner*, *Twelve Monkeys* et *La Jetée*, j'ai pu saisir que la mise en scène d'un univers d'anticipation ne tenait pas tant à la description d'éléments futuristes qu'à l'intégration de ces éléments dans la vie quotidienne. Ainsi sont nés le Solbus, le Tact, la combinaison polymorphe et autres délires. La situation climatique catastrophique de 2033 a été plus facile à imaginer. Il m'a suffi d'amplifier ce qui est déjà vécu un peu partout sur la planète tout en relevant les éléments les plus dangereux et tristes, tels le retour au charbon dans la production énergétique, les réserves de méthane libérées des glaces et les réfugiés climatiques.

J'ai approché l'écriture de *À Juillet, toujours nue dans mes pensées* exactement comme j'aborde mes créations en sculpture : une idée / maquette, suivie d'un travail instinctif où le matériau importe autant que le thème dans le développement de l'œuvre. Le polissage, dernière étape, donne toute sa dimension au potentiel d'évocation. La matérialité du mot, son poids, sa sonorité, ainsi que sa relation avec le reste du texte a été tout au long de l'écriture de ce roman à la fois un jeu et une contrainte formelle. Ce plaisir de sculpter les mots est pour moi un travail qui doit laisser sa trace dans l'écrit et marquer l'expérience du lecteur.

Éros et Thanatos sont omniprésents dans ce récit que je surnomme bien humblement ma « Crucifixion en vert », hommage à la « Crucifixion en rose » de Henry Miller. Pour avancer avec moi dans ce projet, j'avais pour bagage l'écriture ciselée et ludique de Jean Echenoz, les atmosphères intimes de Patrick Modiano et la langue sensible et viscérale de Dany Laferrière. Avec de si bons copains de route, il est toujours bon de se perdre un peu en chemin. N'oublions pas Vian : rien de cet univers n'existerait sans *Vercoquin et le plancton*.

J'espère que *À Juillet, toujours nue dans mes pensées* aura su préserver un équilibre entre les différents thèmes et genres qui le traversent : érotisme, anticipation, écologisme. Retrouver l'érotisme au cœur d'une longue lettre d'amour contemporaine, l'expression du désir, va de soi. L'érotisme peut plaire, amuser, exciter, mais il a également la fâcheuse tendance à banaliser les passages moins sexuellement explicites d'un roman ou d'un témoignage. Une sculpture est terminée quand elle vibre, quand toutes ses composantes sont en équilibre et que les volumes qui la composent dialoguent entre eux. Je souhaite que *À Juillet, toujours nue dans mes pensées* propose une expérience de lecture où tous les éléments du roman, que ce soit l'érotisme, l'anticipation ou l'écologisme, offrent une œuvre de sensibilisation riche d'une humanité jouissive et pleine d'espoir.

POURQUOI AVOIR CHOISI
À Juillet, toujours nue dans mes pensées

Roman d'anticipation placé à l'ère de l'hyper-sexualisation, j'ai pu en apprécier la portée et le caractère universel du message livré par l'auteur. On a beau se trouver en 2033, il n'en demeure pas moins que les individus continuent à se questionner sur leur rôle en tant que citoyen pour sauvegarder la planète. S'impliquer ou subir ? Et surtout, qu'en est-il de la place de l'amour dans nos vies ?

Tel un scientifique, Benoît Quessy a jeté sous la loupe d'un microscope notre société actuelle et ce qu'elle pourrait sans doute devenir dans un avenir, somme toute, assez rapproché. Car le portrait qu'il brosse n'est peut-être pas si éloigné de ce que sera la réalité de demain…

Les personnages de Juillet, Frank, Lol et Lou m'ont tout de suite séduite autant par leurs doutes, leurs questionnements, leur volonté d'apporter leur modeste contribution au bien commun que leur humour. Et s'ils passent leur temps à baiser, eh bien, grand bien leur fasse !

Quant à la construction du récit, je suis véritablement tombée sous le charme du «vivier» mis en place et qui teinte l'action de nos quatre protagonistes âgés de moins de 30 ans : les expressions chinoises qui émaillent le discours de la plus jeune, les autobus solaires (ou «solbus»), les combinaisons vestimentaires ajustables selon l'humeur, les cocktails rétroviraux, les dômes de protection pour les parcs, les cyberempreintes charnelles, les dérèglements météo aux heures, etc. Ici l'auteur a laissé libre cours à son imaginaire et c'est ce qui donne une saveur particulière à cette histoire qui reflète admirablement les grands enjeux de demain… et d'aujourd'hui !

Isabelle Longpré
Directrice littéraire